跡継ぎの胤

鈴木英治

双葉文庫

目次

跡継ぎの胤

口入屋用心棒

第一章

一

　そっちへ行ってはいけない。

　女の声がきこえ、振り返った。

　透《す》けるような白い着物に身を包んだ女が立っている。着物だけでなく、肌も雪のように白い。女は目鼻立ちが整い、我知らず見とれてしまうほど美しい顔をしている。全身が淡い光に包みこまれ、この世の者ではないような神々しさをまとっていた。今にも着物を羽のようにはためかせ、天にのぼっていきそうだ。

　どうして行ってはいけないのか、と女に問おうとしたが、なぜか声が出ない。

「あの子に早く教えてあげて」

　女がたおやかに手をあげ、人さし指を伸ばす。そちらに顔を向けると、一人の少年の後ろ姿が眺められた。風がさわさわと吹き渡り、穏やかな日の光に包みこまれて妙に明るく感じられる草原を、雲を踏むようなやわらかな足取りで突っ切っていこうとしている。

女は、自分に呼びかけたわけではなかった。くっきりとした目は、ひたすら少年を追っている。そっちに行ってはいけない。自分も同じように感じた。あの少年を急いで引き戻さなければ。

あわててあとを追った。だが、少年の足は見た目よりずっと速い。つい先ほどまで五間ばかりでしかなかった距離が、すでに半町ほどにひらいている。必死に足を動かしたが、距離は縮まらず、むしろ広がってゆく。そっちは駄目だ、止まるんだ、と叫ぼうとしたが、声は喉《のど》の奥で詰まってしまう。

少年の姿は、しぼむように小さくなってゆく。少年は、草原の先に見える川に向かっていた。川のあたりは霧が出て、風景をぼやかしている。年老いた渡《わた》し守《もり》が一艘の小舟の舳《へ》先《さき》に腰かけ、のんびりと煙管《きせる》をくわえているのが望めた。霧ではなく、煙管からあがった一筋の煙が風にゆったりと流れているのだ。

渡し守が煙管を舟縁《ふなべり》に打ちつけ、立ちあがった。少年はさらに足を速め、渡し守にまっすぐ歩き寄ってゆく。

仮に声が出たとしても、届かない。もはや、どうやっても少年を引き戻すことはできない。絶望が胸を浸し、ああ、とうめき声が出かけたが、それすらも喉の堰《せき》に押しとどめられた。にこりと笑みを浮かべた渡し守に導かれ、少年が舟に乗った。駄目だ。戻るんだ。その舟に乗ってはいけない。

――どうした、直之進《なおのしん》。

そんな声が頭に入りこみ、湯瀬《ゆせ》直之進は、はっとして顔をあげた。目の前に安《やす》芝菱五郎《しばひしごろう》の角張った顔がある。眉間《みけん》に深いしわを刻んで、じっと見ていた。瞳に案ずる色がある。

「どうした、直之進。まさか眠っていたわけではあるまいな」

今の少年は又太郎《またたろう》さまなのか。向こうに見えていた川は三途《さんず》の川か。本当に夢を見ていたとしか思えない。直之進は首を振って、しゃんとした。菱五郎を見つめる。

「安芝さま、もう一度おききしますが、又太郎さまの一件はまちがいないのですか。まことに御危篤《ごきとく》なのですか」

かすれた声が出た。直之進のなかで、もはや紛《まぎ》れもない事実だろうという確信はあるが、どうしても確かめずにいられない。

ついこのあいだのことだが、婚姻《こんいん》がきまったことを先祖に報ずるために許嫁《いいなずけ》のおきくをともなって沼里《ぬまざと》に赴《おもむ》いたとき、又太郎と酒を酌《く》み交《か》わした。一緒に野《の》駆《が》けにも出た。あのときはこれ以上ないほど元気で、沼里を百年に一度の飢饉《ききん》がもし襲っても大丈夫な国にすると力強くいっていたのだ。目にも力がみなぎり、肌の色もつやつやとしていた。

それなのに、いきなり危篤とはどういうことなのか。

ため息をついた菱五郎の肩が、骨が抜けたように力なく落ちる。

「ああ、まずまちがいない。沼里からの早馬《はやうま》はそういった。又太郎さま、御危篤と」

「御使者は誰がつかわしたのです」

「大橋民部《おおはしみんぶ》さまだ」

国元の筆頭家老である。昼行灯《ひるあんどん》と揶揄《やゆ》されたこともあったが、それは鷹が爪を隠していたにすぎない。沼里のあるじの座にまさに着こうとしていた又太郎の追い落としを狙った一派が引き起こしたお家騒動の際には辣腕《らつわん》を発揮し、又太郎を無事に家督《かとく》の座につけている。その民部がつかわした使者が、偽《いつわ》りをいうはずがなかった。

「どうして殿は御危篤に」

「遠駆《とおが》けの際、落馬されたようだ」

「殿がご落馬……」

　直之進は目を光らせた。

「もしや何者かに落馬させられたのではありませぬか」

　眉根を寄せて菱五郎がかぶりを振る。

「考えられぬことではないが、そのあたりの事情はわしにもわからぬ。直之進、御使者に会ってみるか。じかに詳しい話をきけばよい」

「会えますか」

「もちろん会えよう」

　深い目の色をした菱五郎がうなずく。

「おまえも沼里の禄《ろく》を食《は》む者ではないか。しかも殿の寵臣《ちょうしん》だ。詳しい話をきく資格は十分にある」

　直之進は主家《しゅか》に出仕しておらず、江戸で気ままな暮らしをしているものの、又太郎の命の危機を救うなどして手柄を立て、以前と変わらぬ三十石の扶持《ふち》をもらっている。

直之進は菱五郎と連れ立って、神田小川町《かんだおがわ》にある上屋敷に向かった。門番も直之進の顔を覚えている様子で、菱五郎が一緒ということもあって、上屋敷に入るのになんの問題もなかった。

屋敷内はざわついており、落ち着きがなかった。今は定府《じょうふ》の者たちばかりなので、屋敷内にいる人数は多いとはいえないが、出会う誰もが青ざめた顔つきをし、腰の定まらない歩き方をしている。廊下の隅に集まり、石のように表情をなくした顔を寄せ合ってひそひそと話をしている者もいる。直之進を見てぴたりと口を閉ざしたが、すでにその者たちの言葉は直之進の耳が捉えていた。「万が一」「跡取《あとと》り」「公儀《こうぎ》」「末期養子《まつごようし》」などだった。もし又太郎が死んでしまったら主家はどうなるのかと、その者たちは気が気でないようだが、直之進は、縁起でもないことを考えるな、と怒鳴りつけたかった。だが、又太郎は縁談が決まっているわけではなく、むろん、跡取りもいない。まだ二十歳ということもあって、公儀に誰が跡取りであると届け出てもいないはずだ。そうである以上、主家の行く末に不安を持つ気持ちもわからないではない。もし又太郎に万が一のことがあれば、主家の改易《かいえき》も十分に考えられるのである。

客間に通されてから四半刻ばかり一人で待たされたが、やがて菱五郎が汗をかきかきやってきた。しきりに手ぬぐいを使っている。直之進よりやや年上と思える男を連れていた。

　男は、菱五郎に紹介される前に自ら勝亦富三郎《かつまたとみさぶろう》と名乗った。直之進も名乗り返した。富三郎は高い鼻に黒々とした大きな目を持ち、がっしりした顎《あご》が、意志の強さをあらわしているかのようだった。役目は使番《つかいばん》で、菱五郎がいった通り、国家老の大橋民部の命により江戸屋敷にやってきたという。狭い家中ということもあるのだろうが、直之進は富三郎の顔に覚えがあった。富三郎も、直之進のことを見知っていた。沼里から江戸までのおよそ三十里を、何頭も馬を替えながら一気にやってきたにもかかわらず、ほとんど疲れの色を見せていない。ただ、目の下にくまが薄く浮き出ており、それがわずかにやつれを感じさせた。

　直之進は畳に手をつき、身を乗りだした。

「殿はいったいどうされたのですか。落馬されたとは、こちらの安芝どのからうかがったのですが」

　さらに勢いこみそうになるのをかろうじて抑え、直之進はできるだけ平静な声音《こわね》を心がけた。直之進の横に座を占めた菱五郎は、ぎゅっと口を引き結んでいる。

眉根《まゆね》を寄せ、視線を落として富三郎がつらそうな顔つきになった。すぐに顔をあげて直之進を見つめる。せつなげな色が目に浮かんでいる。唇を噛み締め、咳《せき》払《ばら》いをしてから話しはじめた。

「おとといのことにござる。公務を七つ（午後四時）に終えられた殿はいつものように四人の小姓衆を連れられ、野駆けに出られた。天気にも恵まれ、存分に野駆けを楽しまれているとき、不意に大木の陰から幼い女の子がよちよちと出てきたのでござる。まだ二つか三つの女の子で、近くで野良《のら》仕事をしていた百姓が目を離した隙に、そこまで来てしまったらしい。その子を馬蹄《ばてい》にかけるのを避けようとして、殿は思い切り手綱《たづな》を引かれた。殿のこのとっさのご判断のおかげで女の子にはなにごともなかったのでござるが、ご乗馬はいななきをあげて棹《さお》立《だ》ちになり、殿は持ちこたえようとされたものの、かなわず、ご落馬されたのでござる」

富三郎が瞳の色を暗くした。直之進は、そのときの又太郎の光景を目の当《ま》たり《あ》にしたように胸のあたりが痛くなった。

富三郎が苦しげな息をついて、続ける。

「それだけならまだしも、運悪くその場に大きな石があり、殿はそれに頭を打ちつけなされたのでござる。血はほとんど流れなかったものの、お気を失われ、小姓たちの呼びかけにも応じられなかった。すぐさま御典医のもとに運ばれなされ、応円《おうえん》先生をはじめとする御典医方も懸命の手当を行いもうしたが、それがしが沼里を発《た》つときにはまだお目を覚まされておらなんだ」

直之進は瞑目《めいもく》した。又太郎さまは今も昏睡《こんすい》したままなのか。頭の傷は怖い。まさか、意識を取り戻さないままに、はかなくなってしまうということはあるまいな。

「御典医方は、なんとおっしゃっているのですか」

沼里には四人おり、応円が御典医筆頭ということになっている。

「いや、なにも。懸命の手当に励んでおられる」

さようか、と直之進はできるだけ冷静にいった。内心は、又太郎のことが心配で、いても立ってもいられない。歯を食いしばって体に力をこめていないと、今にも客間を飛びだし、沼里に向かっていきそうである。

「殿のご乗馬の前にあらわれたのは三歳くらいの女の子とのことですが、その子は一人でそこまで来たのですか」

富三郎が強い視線を据え、直之進の問いの意を汲《く》み取ろうとしている。

「湯瀬どのは、その子が殿の前に急にあらわれたことに、なにか作為があったのではないかといわれるのか」

「考えすぎかもしれませぬが、ことは殿のお命に関わってくるゆえ、それがしとしては、確かめたいだけです」

富三郎が深いうなずきを見せた。

「気持ちはそれがしにもわかりもうす。その女の子は一人でそこにいたようでござる。殿の前に出てきたのも、手を伸ばしていたことから、蝶かなにかを追って出てきたのではないかと思われもうす。ちょうど女の子がいないことに気づき、百姓一家が捜そうとしたとき、馬のいななきと小姓衆の騒ぎを耳にしたようでござる」

この話だけでは疑いが晴れたわけではないが、又太郎が落馬した翌日早く沼里を発った富三郎も詳しく事情を知っているわけではあるまい。直之進は口をつぐんだ。だが、心中では又太郎の弟の房興《ふさおき》のことを考えはじめていた。房興はこれまでに二度、沼里のあるじの座を狙う者どもに担《かつ》がれて、又太郎の命を狙ったことがある。腹ちがいの弟ということで、その地位を利用されたにすぎないことがはっきりしており、罪を得たとはいえ、命を取られることまではなかった。今は逼塞《ひっそく》の身といってよく、主家の伊豆《いず》の飛び地領である河津《かわづ》に流されている。二度の事件で房興一派は一掃《いっそう》されたといってよい。だが、家中でもいまだに房興に心を寄せる者は少なくないのではないか。

十七歳の房興は又太郎に似ているのか、聡明《そうめい》という評が意外に高い。家中で日の当たらないところにいる者たちが又太郎を廃《はい》し、その後釜《あとがま》として房興を担ぎあげようと考えたとしても不思議はない。

そういう者たちの陰謀《いんぼう》によって、又太郎は落馬させられたのではあるまいか。もちろん又太郎の落馬は事故にすぎず、房興に心を寄せる者たちは今回の一件には関与していないのかもしれない。

それでも、江戸にいてはなにもわからない。それに、と直之進は思った。もし又太郎に万が一のことがあれば、跡取りが決まっていない以上、房興こそがふさわしいと声をあげる者たちが出てくるにちがいない。

利用されただけとはいえ、二度も又太郎の命を狙った男が沼里のあるじになってよいものなのか。房興一派を一掃したことで我が世の春を謳歌《おうか》している国家老の大橋民部たちも、黙ってはいまい。もし房興があるじとなれば、自分たちが今の座から引きずりおろされるのは明白だからだ。

今回の又太郎さまの一件はお家騒動につながりかねない。いや、確実につながるだろう。直之進は心のなかで顔をゆがめた。

今まさに、きな臭さを嗅《か》いだように感じたのである。

二

唐突に思いだし、福辻峰乃介《ふくつじみねのすけ》は背筋にぞくりと寒けが走った。

眼前の刀は、邪悪な光を身に集めたようにぎらぎらしていた。初めて目にする真剣は恐ろしかった。刀は、いつでも襲いかかれるように鎌首《かまくび》をもたげていた。

喉がからからになり、腹は冷え、膝はがくがくしていた。

だが、峰乃介は逃げようという気にはならなかった。雨に打たれた子猫のように震えている医者を守らなければ、という気持ちだけでぎらつく真剣の前に立っていた。引けそうになる腰を必死に前に押しだし、両手を掲げて、お待ちくだされ、なにとぞ、と懇願した。かすれてはいたものの、喉から出た声が、自らを勇気づけた。

刀を上段に構え、男は怒りに打ち震えていた。どけ、邪魔立てするなっ。大きくひらかれた目は血走り、口元がつりあがっていた。刀を握る両手がぴくぴくと動いていた。邪魔立てするなら、きさまも斬る。今にも刀を振りおろし、峰乃介を両断しようとしていた。

なにとぞ、なにとぞ、お待ちくだされ。この医者はなにもしておりませぬ。ただ役目を果たしただけにござる。冷静になれ、と峰乃介は自らに懸命にいいきかせていたが、真剣を前にしては心を落ち着かせることなど、できようはずもなかった。男の心に響くような言葉をいいたかったが、口をついて出るのは、懇願だけだった。

峰乃介は、はっと我に返った。腋《わき》の下に汗をかいている。背中も冷たい汗に濡れていた。あんなに昔のことなのに、あのときのことは、昨日のこと以上にありありと思いだせる。

ふうと息をつき、額《ひたい》に浮いた汗を懐紙《かいし》でぬぐった。峰乃介は立ちあがり、床《とこ》の間《ま》の刀架《とうか》に近づいて刀を手にした。その場に正座し、すらりと抜いた。

行灯の光に当て、じっくりと見る。手入れを欠かしたことはないから、刀身に一点の曇《くも》りもない。どこを探しても、ぎらつきなど一切ないのが不思議だ。華やかさが前に出る重花《じゅうか》丁子《ちょうじ》の刃文《はもん》ではあるが、刀身自体からにおってくるのは粘り強さである。地金も上質なものが用いられている。すばらしい出来といってよく、眺めるたびにほれぼれする。以前はこの刀を抜くたび、気持ちが昂《たか》ぶったものだが、今は逆だ。心はすぐに凪《な》ぐ。

この刀は、沼里家中で七百五十石をいただく家の伝来のものなのだ。その家は家老も輩出している名門である。その家に伝わる刀を十五年ほど前、福辻峰乃介は手に入れたのだ。備前《びぜん》の刀工、中山摂津守《なかやませっつのかみ》包国《かねくに》は戦国の昔に生きた刀工で、好事家《こうずか》でも知る者はほとんどおらず、数も出まわっていないが、この刀は魂が引きこまれそうになるほど物すごい出来栄えである。あまり腕のよくないといわれている名もない刀工でも、一生に一本、とんでもない刀を打つことがあるらしく、この刀もあるいはそういう類《たぐい》のものかもしれない。

どういう経緯《いきさつ》で家老を輩出した家の先祖がこの刀を手に入れたのか、峰乃介は知らないが、目の高さを思わずにはいられない。名刀はこの世にいくらでもあるのだろうが、自分にとってはこの包国が最上のものだ。

もっと眺めていたかったが、峰乃介は鞘《さや》にしまい入れた。廊下をやってくるひそやかな足音が耳に届いたからである。立ちあがり、刀架にそっと置く。

「あなたさま」

襖《ふすま》越しに声をかけてきたのは、妻の史乃《しの》である。なめらかに襖があき、愛嬌《あいきょう》のある丸顔があらわれた。笑みをたたえた柔和な二つの目がじっと見ている。峰乃介より五つ下の三十四歳だが、それよりもずっと幼い顔立ちをしている。

「お客さまにございます」

「ほう、こんな刻限にか」

すでに夜の四つ近い。しかも、客人自体、珍しい。

「どなたかな」

たずねつつも、峰乃介には予感があった。むしろ、やってくるのが遅すぎたくらいだろう。実際のところ、今宵《こよい》あたり顔を見せるのではないかという気がして、いまだに寝衣に着替えずにいたのである。

「海老川《えびかわ》さま、酒川《さかがわ》さま、多川《たがわ》さまのお三人でございます」

案の定、予期した通りの顔触れである。

「客間に通してくれ」

はい、と史乃が答え、襖を横に滑らせた。足音が廊下を遠ざかってゆく。五百八十石もの禄高の家なら、家士《かし》があるじの用向きをつとめるのがふつうだろうが、福辻家では何代も前から妻がその役目をするのが当たり前になっている。どうしてこういうことになっているのかわからないが、このような家は、家中でも珍しいのではあるまいか。

峰乃介は客間に向かった。すでに史乃の手で行灯に灯《ひ》が入れられ、淡い光が壁をうっすらと照らしている。待つほどもなく、史乃の案内で三人の男がやってきた。敷居際で頭を下げ、峰乃介の前に次々に着座する。

「いまお茶をお持ちいたします」

史乃がいったが、よい、と峰乃介は断った。

「でも」

「福辻さまのおっしゃる通りにござる。奥方さま、それがしどもにお気を使われることはありませぬ」

三人のなかで一番年かさの海老川貴市《きいち》が笑みを浮かべていった。酒川唯兵衛《ただべえ》と多川潤之助《じゅんのすけ》もにこにことうなずいている。

「まことよろしいのでございますか」

「うむ、かまわぬ。長話になるかもしれぬ。しばらく放っておいてくれ」

「かしこまりました」

他聞《たぶん》をはばかる話がはじまることを覚《さと》った史乃が襖を静かに閉める。廊下から足音がきこえなくなったのを合図にして、峰乃介は三人を順繰《じゅんぐ》りに見た。

「ふむ、三川《さんせん》がお出ましか」

「二人ならば両川というい方もできますゆえ、なかなか便利なものでございます」

にやりとして、貴市が口をひらいた。

「それにしても、奥方は相変わらずお美しい」

「もうおなごという歳ではないがな」

「とんでもない。とてもお若い。それがしは、うらやましくてなりませぬ。それがしも奥方のような女性を妻にしたい」

「海老川どの、我らはそのような話をしに来たわけではありませぬ」

潤之助がたしなめるようにいった。

「うむ、そうであった」

貴市が額を手のひらで打ち、しゃきっと背筋を伸ばす。この男は二十六だが、歳に似合わぬ軽々しさがいまだに消えない。ただ、その分、腰が軽く、物事を実行する力はなかなかのものだ。海老川家は四百八十石の禄高を誇っているが、その三男坊である。

「福辻さま、こんな時間に押しかけて申しわけございませぬ」

貴市があらためて頭を下げる。

「我らが話をしたいと考えているのは、ほかでもない。例のことにございます」

自分たち以外、誰もいないのに貴市は声を殺している。例のこととときいて、峰乃介にとぼけるつもりはなかった。

「殿のことだな」

「さようにございます」

貴市が珍しく重々しい口調でうなずいた。こういうとき、仕草に意外な深みが出て、海老川家が家中でも中老《ちゅうろう》の地位まで望める家柄で、貴市がいつかその当主におさまってもおかしくない者であるのが、実感として伝わってくる。

「殿はおとといの午後、野駆けの最中、落馬なされて頭を打たれました。今も御典医の懸命な手当を受けておられます」

うむ、と峰乃介はうなずいた。

「昏睡されているそうだな」

「このまま、はかなくなってしまわれるようなことはないのでしょうか」

潤之助がおそるおそるという感じでいう。多川家は四百十石の禄高で、遠い昔、一度だけだが、中老をだしたことがある。潤之助も貴市と同様、三男で、歳は二十二。

だが、その問いには答えず、峰乃介は黙っていた。

「十分に考えられましょう」

右端に座る唯兵衛が断言する。酒川家は三百五十石で、三代前の主君まで小姓として仕えていた。今は無役の小普請組《こぶしんぐみ》である。唯兵衛は四男坊で、歳は十九。常に落ち着きの衣を身にまとっており、歳はいちばん下にもかかわらず、この三人のなかでは最も年かさに見える。剣も遣い手といってよい水準にある。雲相流《うんそう》という、沼里城下では名の知れた道場の高弟だ。

「それがしが漏れ聞いたところでは、殿はひどい頭の打ち方をされたそうにございます。血があまり流れなかったとも耳にしてございます。これは、あまりいいとはいえない兆候《ちょうこう》ではないかと存じます」

「うむ、むしろ血は流したほうがよいときくな」

峰乃介は同意してみせた。

「頭のなかに血がたまるというのが、最も悪いそうだ」

「では、本当にこのまま殿は……」

潤之助がうめくようにいう。だが、目の色に期待のようなものが見て取れる。こういう思いを抱くのも、致し方ないことかもしれぬ、と峰乃介は思った。

「潤之助、そのようなことを考えるものではない。頭を切りひらき、たまった血を取りだすということも、今の医術ではできるそうだ。いま我らができることは、殿が本復《ほんぷく》されることを祈るだけだ」

「頭を切りひらいて、元通りのお体になるのでございますか」

「さすがに元通りというのはむずかしいかもしれぬ。だが、それしか本復の手立てがなければ、御典医方は躊躇《ちゅうちょ》なくやるだろう」

「しかし、もしそこまでしても本復されなかったら」

「そのときは残念ながら、殿ははかなくなってしまわれるかもしれぬ。はかなくならずとも、寝たきりになってしまうやもしれぬ。だが、頭をひらかず本復されることも十分に考えられる。その度合は七分三分ということだ」

「七分というのは、はかなくなられるほうでございますね」

貴市がすがるような目でいい、小さく首を振った。

「そんなに高いのか」

独り言をつぶやいた。

「あるいは、八分二分というほうがよいのかもしれぬ」

唯兵衛が瞬きのない目でじっと見ている。

「福辻さま、どうしてそのようなことまで知っておられるのでございますか。それがしは初耳にございます」

峰乃介は唯兵衛を見つめ返した。

「いずれ話す」

「よろしくお願いいたします」

少し残念そうにしたが、唯兵衛が深くうなずいた。聡明そうな目の輝きがまぶしい。決意を胸に宿したのか、瞳がきらりと一瞬の光芒《こうぼう》を帯びた。

「福辻さま、無礼を承知で申しあげますが、こたびの一件は福辻家がもう一度浮かびあがるための絶好の機会だとは思われませぬか」

ずばりいわれて、峰乃介はどう口にすべきか、迷った。代わりに、そんなことはないと知りながら唯兵衛にただす。

「まさかとは思うが、こたびのこと、福辻家の再浮上のために、そなたらが仕掛けたというようなことはないだろうな」

思いもかけなかった言葉を浴びせられ、貴市と潤之助がびくりと腰をあげる。

唯兵衛は心外だといわんばかりに眉根を寄せた。

「そのような真似はしておりませぬ」

唯兵衛がきっぱりという。貴市と潤之助は、二人そろって首を縦に動かした。

「いくら我らが福辻さまをこよなく慕っているともうしても、さすがにそこまでのことはいたしませぬ」

五百八十石の福辻家が中老をつとめることは当たり前にすぎず、遠い昔には何度も家老をだしたことがある。だが、先々代のしくじりにより、禄を百石削られ、無役の身となって久しい。その家を再び興隆《こうりゅう》させようと峰乃介は身を砕いているのだが、うまくいっているとはいいがたい。先代のあるじである誠興《まさおき》から又太郎への代替わりの際、なにかよいことがあるのではないかと期待を抱いたが、結果はむなしいものに終わった。

実際のところ、又太郎の危機を救うために粉骨したということもなかった。女好きで遊び好きな又太郎より、聡明な房興のほうが主君にふさわしいと思っていたからだ。

「いかがです、福辻さま。浮きあがるきっかけとは思われませぬか」

唯兵衛が重《かさ》ねてきく。

「それは、もし殿に万が一のことがあれば、房興さまの擁立に力を尽くせといっているのだな」

「そういうことでございます」

貴市が大きく顎を引く。

「いま実権を握っている大橋一派は、ご真意はどうあれ、二度も殿の命を狙った房興さまのことを沼里のあるじにふさわしいお方と思っておらず、他家より養子を取ることも十分に考えられます。だが、それは阻止しなければなりませぬ。房興さまは先代誠興公のお血筋であられ、しかもひじょうに鋭敏《えいびん》なお方にございます。今の殿がはかなくなられたとき、跡《あと》を継《つ》ぐにふさわしいお方にございます」

「ふさわしいと申すより、もし殿に万が一のことあらば、次の沼里のあるじは房興さまでなければなりませぬ。それだけの資質をお持ちのお方と存じます」

潤之助が強くいって峰乃介を見つめる。じじ、と行灯が音を立てる。黒い煙が天井を目指してあがっていった。

「房興さまが沼里のあるじとなるよう尽力されれば、福辻さまもご出世はまちがいないものと。もともと家老職のお家柄、削られた百石を取り戻したいとお考えになりませぬか」

「我が家の禄などどうでもよい」

峰乃介は厳しい口調でいった。

「今のわしの望みは、ただ一つだけだ。房興さまを世にだしたいと常々思うてきた」

おお、と三人の若者がどよめく。

「もしそれがうつつのものにできれば、福辻家も必ず浮きあがることができよう。だが、それは二の次にすぎぬ。すべては、もし殿に万が一のことがあらば、ということでしかない。殿が本復されれば、跡継もなにもあったものではない。今は殿のご容体《ようだい》を見守るしか、我らにできることはあるまい」

「しかし福辻さま、それでは遅きに失することになりませぬか」

唯兵衛が目を光らせていい募《つの》る。

「まずはなにを置いても、房興さまとつなぎを取るのが最善の手立てといえるのではないでしょうか」

「房興さまのお気持ちを確かめよ、というのか」

「はっ、その通りにございます」

唯兵衛が顎を深く引いた。

「殿のご容体を見守ることも確かに大事でございましょうが、いま我らが真っ先にすべきことは、房興さまに使者を送ることではないかと」

三

足をとめた。

温泉のかぐわしい香りに満ちている。ここにいるだけで体によさそうだ。

幾筋もの湯気が煙のように太くあがり、晴れあがった空を目指してゆくが、ほんの数丈立ちのぼっただけで、あっさりと霧散してしまう。

房興は、建物の横に張りだしている看板に目をやった。やや陰りはじめた日の光を背景に『飯嶋屋《いいじまや》』とかすれた字で墨書《ぼくしょ》してあるのが読み取れた。

房興は風呂敷《ふろしき》包みを持ち直し、地面につきそうな長い暖簾《のれん》を払った。二十畳ほどの土間になっており、岩のように大きな石が沓脱《くつぬ》ぎとして二つ設けられている。沓脱ぎの先には二尺ほどあがった板敷きの間がある。そこでは、手ぬぐいを腹にかけて数名の湯治客《とうじ》らしい年寄りが横になっていた。気持ちよさそうに目を閉じている。湯を浴びたばかりのようで、いずれも五、六歳は若返ったのではないかと思える、つやつやとした顔をしていた。

「いらっしゃいませ」

宿の番頭らしい初老の男が寄ってきた。笑みを浮かべ、もみ手をしている。房興が何者か、知っている顔つきだ。

「人を訪ねてきたのだが」

「あの、どなたさまでございましょうか」

「こちらに川藤《かわとう》どのが泊まっているはずだが」

「はい、確かに。ご内儀《ないぎ》さまとご一緒にお泊まりでございます」

「部屋はどちらかな」

「はい、二階の一番奥にございます」

「あがらせてもらってよいか」

「はい、それはもう」

番頭が手をあげ、階段を指し示した。左手に階段がしつらえられていた。沓脱ぎで雪駄《せった》を脱いだ房興は、梯子《はしご》のように急な階段をのぼった。のぼりきると、右手に廊下が延びていた。廊下沿いに向かい合って部屋が六つならんでいた。廊下の突き当たりに、部屋がもう一つある。そこが川藤の部屋のようだ。襖は閉められている。

房興は廊下を進んだ。あまり音を立てたくはなかったが、ぎしぎしと遠慮なくきしんだ。

「川藤どの、おられるか」

今にも破れそうな襖に向かって、声を発した。むろん声は低くする。

「どなたですかな」

落ち着いた声音が襖を抜けてきた。房興は名を告げた。

「しばしお待ちくださいませ」

なかを片づけている気配が伝わってきた。鼓動が二十ばかりを数えたのち、襖があいた。ひょろ長い顔がこちらを見つめている。気づいたように頭を下げた。

「これは房興さま」

「川藤どの、急に押しかけて、迷惑ではなかったかな」

柔和な目が微笑する。浴衣《ゆかた》がかかしのようにやせた体に妙に似合っている。

「いえ、迷惑など、そのようなことはございませぬ」

川藤仁埜丞《じんのじょう》がちらりとうしろを気にした。丹前《たんぜん》を羽織《はお》った妻女が床から身を起こし、浴衣の襟元《えりもと》をかき合わせている。浴衣は仁埜丞とおそろいの柄だ。妻女の手によるものなのかもしれない。ただ、妻女の顔色は青白く、首や腕などは透き通るような肌をしている。そのはかなげな風情《ふぜい》に、房興の胸は痛んだ。

仁埜丞が房興に目を戻した。

「どうぞお入りください」

「いや、土産《みやげ》を持ってきただけゆえ」

房興はできるだけ明るい声でいい、風呂敷包みを掲げてみせた。

「土産でございますか」

なんだろう、という顔つきで仁埜丞が遠慮がちに風呂敷包みに目を当てる。もらってくれ、と房興はいいかけたが、その前にか細い声が耳に届いた。

「あなたさま、お入りいただいてください」

その言葉をきいて、仁埜丞がゆったりと笑ってみせた。

「妻の許しも出ましたゆえ、どうぞ、お入りくだされ」

「かまわぬのか」

「もちろん」

「では、お言葉に甘えて」

房興は、仁埜丞だけでなく、畳の上で居住まいを正している妻女にも頭を下げてから敷居を越えた。四畳半だが、いつ畳が替えられたものか、すっかりすりきれてしまっている。壁もそこかしこが崩れそうになっており、何か所かは鼠が出入りしそうな穴があいていた。隅に、旅の荷物をしまってあるらしい行李《こうり》が鎮座している。衣紋掛《えもんかけ》に仁埜丞の着物がかけられていた。折り目正しさが目につく。

壁際に刀架が置かれ、両刀がかけられていた。

「この前、お話しいたしました通り、妻は病身ゆえ、このような身形《みなり》でご容赦くだされ」

房興に座るように手で指し示した仁埜丞がいった。房興は、座布団《ざぶとん》をうしろに引き、畳の上に座った。

「そのようなこと、気にされることはない。遠慮せずに床に入ってくだされ」

「いえ、さすがにそれはできませぬ」

妻女が背筋を伸ばしてきっぱりといった。このあたりは武家の矜持《きょうじ》というところか。

「わしが訪ねてきたことで、負担をかけることになるな。すぐに暇《いとま》するゆえ」

「いえ、房興さま、そのようなことをおっしゃらず、ゆっくりしてくだされ」

すぐに仁埜丞が苦笑を頬に刻んだ。

「しかし、このような汚い部屋では、長居するのはいやでしょうな」

「そのようなことはない。わしはこういうこぢんまりとした部屋は好きだ。いや、こぢんまりというのは、言葉の綾《あや》だ。気にせんでくれ」

房興は天井を見あげた。煙草《たばこ》のやにか、茶色く染まっており、元の色がどんなものだったのか、わからなくなっている。

「申し遅れましたが」

仁埜丞が妻女の紹介をした。香苗《かなえ》という名で、歳は仁埜丞と同じか、一つ二つ下だろう。仁埜丞も歳をきいているわけではないからはっきりとした年齢はわからないが、三十代半ばといった頃だろう。

「香苗、こちらが房興さまだ」

房興は香苗に名乗り返した。

「香苗と申します」

妻女が深々と頭を下げる。落ち着いた仕草だ。香苗が仁埜丞を見た。

「あなたさまが話してくれた通りのお方にございます。颯爽《さっそう》とされていらっしゃるし、澄《す》んだ目がおやさしそうなのに、精悍《せいかん》さも秘めておられて。それに、とても頭がよさそうなお顔をされています」

房興は照れて、頭のうしろをかいた。

「香苗どの、それはほめすぎだな。——ああ、そうだ。土産はこれよ」

房興は、畳の上に置いた風呂敷包みを解いた。なかから油紙に包まれ、紐でぐるぐる巻きにされた物を取りだす。

「猪肉《ししにく》だ。精がつく。香苗どのに、よいのではないかと思ってな」

「房興さま。いただいてもよろしいのでございますか」

「もちろんだ。そのために持ってきたのだ」

房興は風呂敷ごと畳の上を滑らせた。

「かたじけない」

仁埜丞が頭を下げる。香苗もこうべを深く垂れていた。

「二人とも顔をあげてくれ。よいか、こいつはかたまりだが、薄く切って塩を振り、網で焼くと、上質の脂がじんわりとしみ出てきて、この上なく美味だ。猪肉はいろいろと試してみたが、この食べ方が一番うまいな」

仁埜丞がにこりとする。

「きいているだけで腹が鳴りますな」

「川藤どののだけで食べてはならぬぞ。わしは香苗どのに持ってきたのだ」

「もちろん承知いたしております。ならば、さっそく今晩にでも教えていただいた食べ方でやってみましょう。では、ありがたく」

顔をほころばせて仁埜丞が押しいただく。左手は使わず、右手一本だ。

「香苗どのは猪肉を食べたことは」

ありませぬ、と小さい声で答えた。

「香苗どの。怖がっておられるのか。大丈夫だ。この房興が太鼓判《たいこばん》を押す。確かに猪肉にはくせがあるが、食べ方さえまちがえなければ、まことにうまい。安心して食べてもらってけっこうだ」

「はい、ありがとうございます」

香苗と仁埜丞が快活に笑う。

「我らは江戸生まれの江戸育ちゆえ、猪肉とはあまり縁がございませぬ。山鯨《やまくじら》という呼び方で食べさせる店はございますが、入ったことはありませぬ」

「肉は、いくら精がつくといっても、あまりいっぺんに食べぬほうがよかろう。体に負担をかけると前に学者がいっておった。実際、猪肉は少し食べただけで体が熱くなってくる。それだけ強さがあるということであろう」

「ほう、さようにございますか」

房興はにこりとした。

「では、これでわしは失礼する」

すっくと立ちあがった。香苗がすまなそうな顔つきになる。

「お茶も差しあげていませんのに」

「いや、かまわぬ。これ以上居座って、香苗どのの体に障《さわ》ってはまずい」

「お心遣い、痛み入ります」

仁埜丞が深々と頭を下げる。

「それでは、房興さま、そこまで送っていきましょう。――香苗、そなたは横になっておれ。すぐに戻ってくるゆえ」

「承知いたしました」

「では、香苗どの。これでな。邪魔をした」

「こちらこそ、けっこうな物をいただいたのに、なんのおもてなしもいたしませんで、申しわけございませんでした」

居住まいを正して香苗が両手をつく。房興はにこやかに笑った。

「もてなしは、病が本復したときでよい。そのときを楽しみに待とう」

部屋を出た。仁埜丞が刀架の刀を腰に帯びる。このときも右手だけしか使わなかった。房興は廊下を歩きだした。あとに続いた仁埜丞が襖を閉める。階段を降り、房興は土間で雪駄を履いた。仁埜丞は宿の草履《ぞうり》である。

飯嶋屋をあとにしたとき、初冬の日の光はさらに弱いものに変わっていた。温暖な伊豆といっても、吹く風は冷たさを帯びつつある。房興は襟を直した。

「今日はまことにありがとうございました。妻にお気遣いいただきまして」

道を歩きはじめてほんの二間ばかり行ったとき、うしろから仁埜丞が礼を述べた。

「いや、さっきもいったが、この前のお返しだ。あまごをもらっただろう」

房興はまだ十七だが、伊豆の河津の寺に押しこめられている毎日で、ほとんどすることがない。退屈しのぎに山に入り、渓流で釣りをしていて、川藤仁埜丞と知り合ったのである。釣果のあがりそうな場所を探して上流にのぼっていったとき、釣り竿《ざお》を手にしている仁埜丞の姿が目に入り、房興は立ちどまったのだ。すぐに仁埜丞は大物を一匹、釣りあげた。それを機に房興は近づいていったのだが、仁埜丞の魚籠《びく》には入りきれないほどのあまごややまめが入っていた。対してこちらは坊主《ぼうず》だった。それで、どうすればそんなに釣れるものなのか、思い切ってきいてみたのだ。

こつというのはありませんが、神経をひたすら釣り糸に集中し、まわりの物音すら一切きこえなくなったとき、当たりがくることが多うござる、との答えだった。房興はいわれた通りにしてみたのだが、そううまくいくものではなかった。

もともと木々の鬱蒼《うっそう》とした山のなかで、日が暮れるのも早かった。別れ際、仁埜丞は三匹のあまごをくれたのである。そのとき礼儀として房興は名乗った。仁埜丞も名乗り返してきたが、驚いたことにこちらの身分を知っていた。どうも宿の噂で、沼里の殿さまの腹ちがいの弟が寺に流されていることは知っていたらしく、房興の言葉遣いからそうではないかと見当をつけたようだ。

仁埜丞はこのあまごややまめは、宿で療養中の妻に食べさせるのだといった。妻女はどんな病なのかきくと、どうも血の道の具合がよくない様子で、あたためたらよいと医者にいわれ、特に河津の湯がよいと教えられて、やってきたのだという。仁埜丞は以前は尾張《おわり》徳川家に仕えていたが、わけあって致仕《ちし》し、今は浪人とのことだった。どういうわけなのか、房興は気になったが、きくわけにはいかなかった。

寺に持ち帰るわけにはいかず、房興はそのあまごを懇意にしている百姓家に持っていき、その場で塩焼きにしてもらった。これまで川魚は海のものにくらべて劣ると馬鹿にしていたが、それが誤りであるのを思い知らされた。それほどあまごはうまかった。

今日は自室で書見をしていたら、先日あまごを焼いてくれた百姓が猪肉を持ってきてくれたのだ。河津に来てから何度か持ってきてもらったが、格別よいものが捕れたという。使っているのは罠だそうだが、あまりに大きな猪で、壊れそうになっていたとのことだ。

「香苗どのは、よくなっておられるのか」

「顔色はだいぶよくなってきたように思えますが、相変わらず血の道の具合はよくありませぬ。温泉に入るように勧めているのですが、入ると、どうも疲れてしまうようで、いやがるのです」

「疲れるのを無理に入れともいえぬし、むずかしいものだな。川藤どの、温泉が合っておらぬというのは考えられぬか」

「それがしも考えましたが、信頼している医者が温泉での療養がよいといいましたゆえ、今のところは、それにしたがうつもりでいます」

ふと房興は思いついたことがあった。

「そうだ、よい薬がある。川藤どの、香苗どのに飲ませてみぬか」

「薬とおっしゃると」

「我が家《いえ》に伝わる伝来の妙薬があるのだ。胃の腑《ふ》や肝の臓の病に著効《ちょこう》があるのだが、それだけでなく万病に効《き》くという。もちろん血の道の病にも効果があるはずだ。どうだ、試してみぬか」

「大名家に伝わる薬なら、是非とも試してみたく存じますが、房興さま、よろしいのでございますか。門外不出の秘薬なのではありませぬか」

「いや、そんな大袈裟《おおげさ》なものではない。百年ばかり前、御典医がつくりだした薬で、巷《ちまた》には出まわっておらぬだけのことだ。台所が苦しいのは大名家の常で、我が家も事情は変わらぬゆえ、いずれ兄上は売りだすつもりでいるのではないかな。ああ、兄上というのは又太郎といって、いま沼里のあるじをつとめている」

「はい、承知しております。名君として知られているお方にございます」

房興は頬がゆるんだのを感じた。

「さようか。兄上は名君として知られているのか」

「はい。聡明なお方と江戸でも評判にございました。将軍家の覚えもよく、いずれ幕府の要職に就《つ》かれるお方ではないか、ともっぱらの評判にございます」

「ふむ、そうか。ここまでくるのにいろいろとあったし、わしは兄上には一度も会ったことはないのだが、とても好きだ。兄上のことをほめてもらえると、うれしくてならぬ。——川藤どの」

房興は呼びかけた。

「すまぬが、我が寺まで来てもらえぬか。遅くなると、香苗どのが心配するかな」

仁埜丞が苦笑する。

「少しくらいなら、案ずることはありますまい。それに、房興さま。お寺はそんなに遠くはありますまい」

うむ、と房興はいい、手をあげた。

「あそこに見えておる」

すぐ近くの小高い山の中腹に、瓦葺《かわらぶ》きの屋根が見えている。川沿いにひらけたわずかな平地に家々が密集し、人々はそこで体を寄せ合うように暮らしている。平地が切れるとすぐにいくつもの山がそびえ立ち、その山の一つに房興が毎日をすごしている庵平寺《あんぺいじ》がある。河津の町のほうはまだ明るさを残しているのに、山は暮れ色にすっかり染まり、夜の訪れが間近に迫っていることを教える。

足早に寺に向かった。町には、手ぬぐいを肩にかけた湯治客の姿が大勢、見受けられた。この世には、病にかかる者がこんなにもいる。誰もが早く治ればよいな、と房興は心から思った。もちろん、そのなかには香苗も含まれている。

「つかぬことをきいてもよいか」

歩を進めつつ、房興はうしろを振り返った。穏やかな目が見返してくる。

「なんなりと」

「答えにくいのなら、答えずともよい。わしは気にせぬゆえ」

「承知いたしました」

房興は前を向いた。すでに、二百段ほどある階段が迫っている。

「川藤どの、そなた、左手が使えぬのか。釣りのときは気づかなんだが、右手一本だけでなにごともこなしているようだな」

房興は階段をあがりはじめた。木々が深々と覆《おお》いかぶさり、途端に暗くなる。大気は肌寒さを増し、体を締めつけてくる。顔をあげると、こぢんまりとした山門が口をあけているのが、小さく眺められた。

「さようにございます。左手はかたまってしまっており、うまく動いてくれませぬが、生まれつきのことゆえ、物心ついた頃には、これが当たり前になっておりました」

「生まれつきか。それはたいへんだったな」

ふふ、と仁埜丞が微笑する。

「これが利き腕の右手でしたら、難儀この上なかったかもしれませぬが、左手ですから。仮に右手が動かなかったとしても、左手一本だけで不自由なく暮らせるようになるのに、さほどときはかからなかったのではないでしょうか」

「そうかもしれぬ。剣も右手一本ということか。ふむ、それはかなりむずかしそうだな」

「それがしの腕など、たいしたことはありませぬ。それに、この太平《たいへい》の世では刀を抜く機会もございませぬ。なんら不自由はございませぬ」

そうか、と房興はうなずいた。苔《こけ》むして滑りやすい階段を一段一段、ゆっくりと踏み締めてゆく。

「話は変わるが、そなた、尾張徳川家に仕えていたといったな。江戸生まれの江戸育ちともいった。尾張徳川家の江戸留守居役《るすいやく》だったのか」

「さようにございます。なにしろ大人数でしたから、それがしなど、物の数に入っておりませんでしたな」

「それが、わけあって致仕した」

「わけというのは、たいしたことではございませぬ。房興さまがおききになりたいのなら、お話し申しあげます。お恥ずかしいので、あまりいいたくはないのでございますが」

「いいたくないのなら、わしはかまわぬ」

仁埜丞が小さくかぶりを振ったのが、気配から知れた。

「いいえ、恥を忍んで申しましょう。上役を投げ飛ばしただけのことにございます」

ほう、と房興は興味を惹《ひ》かれた。

「上役をとな。なぜそのような仕儀に」

「理由は、この左腕にござる」

前を向いたまま房興は黙ってきき入った。

「ある日のこと、前の晩に昵懇《じっこん》にしている旗本家との接待に出たらしく、その上役は酒臭い息を吐いて、役目につきもうした。まだ酔いが残っており、書類仕事をしていたそれがしに絡《から》んできました。もともと酒癖のよくないお方ではありましたが、それがしの左手にも難癖をつけてきました。そういうのには慣れておりましたので、適当に答えておりましたところ、役に立たぬ腕なら斬ってしまったほうがよい、といきなり脇差を抜こうとしたのです」

「いくら酔いが残っているとはいえ、それはまた乱暴な話だな」

「ふだんはやさしいお方なのですよ。酒が入ると、がらりと人が変わるのです」

「そんなのでよく、昵懇の旗本家の接待がつとまったものだ」

「それが、不思議と接待のときは、人が変わることはないらしいのです」

「それだったら、気持ちの問題ではないか。ゆるむと駄目ということだな」

「そういうことでございましょうか。とにかく上役は、それがしの左腕を斬ろうと腰の脇差を抜きかけました。それがしはとっさに立ちあがり、上役の襟をつかむや、えいやっと投げたのです。加減はしたつもりだったのですが、上役はごろごろと畳を転がり、柱に頭を打ちつけてしまったのです。額が切れ、血が出ました。どんな理由があれ、上役を投げ飛ばし、出血させるなど許される所行《しょぎょう》ではなく、それがしは尾張徳川家を致仕することになったのです」

山門まであと二十段というところまで近づいてきた。体があたたまり、汗が全身ににじみだしている。

「川藤どの、そなた、上役を救うために投げ飛ばしたな」

「えっ、どういうことでございましょう」

「とぼけずともよい。どんな理由があろうとも、江戸屋敷内で脇差を抜いては、ただでは済まぬ。下手《へた》をすれば、切腹ものだ。そなたは上役に脇差を抜かせまいとして、投げ飛ばした。わしにはそれ以外、理由は思いつかぬ」

「さて、いかがにございましょう」

「あくまでもとぼけるつもりか。そなた、上役のために身を捨てることになったが、悔いはないのか。侍が禄を失うというのは、たいへんなことだろう」

「悔いはございませぬ」

仁埜丞がきっぱりといいきった。房興は足をとめ、振り返った。

「いえ、妻のことにございます。もともと体が弱いたちで、嫁に来てからもずっと病がちでございました。それがために子もできませんでしたが、それがしには悔やむ気持ちは一切ありませぬ。禄を食《は》んでいるあいだ、それがしは、妻のためにいろいろとしてやりたい気持ちで一杯でしたが、忙しさに紛れ、なにもしてやれませんでした。それが禄を離れたおかげで、こうして温泉にも連れてくることができた。今それがしは、まことに幸せにございます。おそらく妻も同じ気持ちでしょう」

香苗には今日はじめて会ったが、仁埜丞と香苗の二人からは、確かに幸せの香りが濃くにおってきていた。正直、うらやましかった。自分もいつかは妻を迎え、こんな二人になってみたいと思ったものだ。

房興は再び階段をのぼりはじめた。

「それよりも、それがしが房興さまにおききしたいことがございます」

「ふむ、なにかな」

「噂によりますと、房興さまは罪を得て、沼里から流されてこちらにいらっしゃるということです」

「その通り、わしは流人《るにん》よ。源　頼朝《みなもとのよりとも》公の例を挙げるまでもなく、古来より伊豆には多くの流人がやってきた」

「それにしては、ずいぶん自由に動いていらっしゃる。それがし、不思議に思っておりました」

それか、と房興はいった。

「最初は、もちろん監視の者が何人もついていたのだ。だが、我が兄が必要なかろうということで、はずしてくださったのだ。おかげで、わしはこうして自由に動きまわれる。故郷の沼里に帰ることもできようが、それでは兄上の信頼を裏切ることになる」

「おやさしい兄上でございますな。それに、房興さまの態度もご立派にございます」

仁埜丞がいったとき階段が切れ、山門の下に房興たちは入りこんだ。境内《けいだい》から吹き寄せてくる風が、汗ばんだ体に心地よい。

「房興さまっ」

庫裏《くり》の前から駆けてきた者がいる。寺男《てらおとこ》の岩造《いわぞう》である。もう五十を超えている男だが、飼い犬のように房興になついている。房興と一緒に見慣れない侍がいることに驚いた様子だが、すぐに頭を下げてみせた。仁埜丞がていねいに会釈《えしゃく》を返す。

「どうした」

房興は岩造に近づいてたずねた。

「ああ、ちょうどよかった。今お呼びに行こうと思っていたところでした」

客人とのことだ。それもついさっき着いたところだという。

「客人。誰だ」

「若いお侍が三人でございます。沼里からいらっしゃいました」

「沼里から」

三人の若い侍というのは誰だろう。房興に心当たりはまったくない。なにしろ、ここに流されてから、客人自体、初めてのことではないのか。すでに庫裏に通してあるとのことで、房興は足を急がせたが、すぐに薬のことを思いだして立ちどまった。

「川藤どの、こちらに来てくれ」

離れに仁埜丞をいざなった。離れは六畳間が二つあり、奥の部屋の行李に沼里家の薬はしまってある。入っているのは三袋で、房興はそのすべてを取りだし、沓脱ぎのところで待つ仁埜丞に手渡した。仁埜丞が、おっ、と声を発し、目をみはる。

「こんなによろしいのですか」

「ああ、かまわぬ。わしはまた送ってもらえばよい。一袋で、だいたい十日分ある。粉末になっているから、水と一緒に飲んでくれ。役に立てばよいが」

「きっとよい結果が出るにちがいありません。お心遣い、いたみいります」

右手で薬の袋を抱くようにし、何度も礼をいってから仁埜丞が山門に向かう。

効《き》いてくれればよいが、と房興は祈るような気持ちだった。

「どなたでございますか」

岩造が房興に近づいてきて、きいた。ちょうど仁埜丞の姿が山門の向こうに消えたところだった。

「お薬を差しあげたようでございますが」

「大事な知り合いだ。妻女が病で、この町に療養に来ている。少しでも力になれれば、と思うてな」

「房興さまらしゅうございます。効けばよろしゅうございますな」

「必ず効こう」

岩造の先導で、房興は庫裏に足を踏み入れた。庫裏はひどく暗く感じたが、目が慣れると、そうでもなくなった。行灯の淡い明かりが揺らめく客間に入ると、そこにいた三人の目がいっせいに注《そそ》がれた。房興は見返したが、いずれも見覚えのない顔が並んでいる。房興の視線を避けるように、すぐさま三人が平伏した。房興は着座した。この者たちはいったい何者だろう。沼里家中の者であるのはまちがいないが、なにをしに、わざわざ河津までやってきたのか。それに、三人とも若い。最も年かさの者で、二十五くらいではないか。

「面《おもて》をあげよ」

厳《おごそ》かにいうと、三人は控えめにその言葉にしたがった。三人とも旅姿で、旅塵《りょじん》にまみれている。おそらく、今日の夜明けに沼里を発ったのだろう。沼里からここ河津まで十三里ほどあるが、鍛えた若者たちなら、たやすいことでないにしろ、この時刻に着くのは決してできないことではない。

「わしが房興だ。そなたらは」

やや幼い顔つきをしてはいるものの、押しだしのよいまんなかの男が、海老川貴市と名乗り、左右の者が続いた。左側が酒川唯兵衛、右側が多川潤之助とのことだ。となると、海老川貴市がこのなかでは最も歳がいっているということだろう。

「沼里家中の者でまちがいないな」

房興は念押しをした。

「はい、まちがいございませぬ。これを」

貴市が懐から文を取りだし、手渡した。

「福辻さまからにございます」

「福辻というと、峰乃介か」

「さようにございます」

「息災《そくさい》にしているか」

「はい、それはもう」

房興は三人の顔を見渡した。

「そなたら、峰乃介の家塾《かじゅく》の者か」

「おっしゃる通りにございます。福辻さまには十五の歳から、みっちりと教えていただきましてございます」

「それがしはまだ習ってございます」

少しだけ首を伸ばしていったのは、唯兵衛である。

「わしも峰乃介には何度か講義をしてもらった。すばらしく能のある男だと思うが、世に出られる機会をなかなかつかめぬな」

「あるいは房興さま、そういう機会がやってきたかもしれませぬ」

「どういうことだ」

「子細《しさい》はそれに」

貴市が文を指し示す。うなずいて、房興は文をひらき、目を落とした。読み進むうちに、顔色が変わったのが自分でもわかった。貴市たちをにらみつける。

「まことのことなのか、これは」

声が知らず険しくなっている。

「はい。福辻さまの文に記されております通り、三日前の昼すぎ、野駆けに出られた殿は、突然姿をみせた幼子《おさなご》を避けようとして落馬なさいました。それ以後、昏睡が続いていらっしゃる由《よし》にございます」

「命に別状はないのだろうな」

「それはまだわかりませぬ。信頼できる筋によりますと、八分二分にて危ういものと」

「なんだと」

今にも馬を駆って、沼里に駆けつけたい。だが、それは許されることではない。いくら兄が危篤だからといって、流人が勝手に流刑地《るけいち》を抜け出てよいはずがない。房興は唇を噛み締めた。血が流れそうになるほど噛む。

「峰乃介が世に出る機会がやってきたというたが、そなたら、兄上が亡くなると踏んでいるのか。峰乃介が中心になり、わしを兄上のあとに据えるつもりでおるのだな」

「据えるつもりなどございませぬ。家督の座につくお手伝いをさせていただきたいと我らは思っております」

貴市がいい、平伏した。潤之助と唯兵衛がそれにならう。

「房興さまこそ、殿のあとを継がれるのにふさわしいお方であらせられます」

「わしにその気はない。それははっきりいうておこう」

貴市が顔をあげた。

「怖れながら、もし殿に万が一のことがあった場合、どうあっても、房興さまが跡取りということになります。殿には、これと定められた跡継はいらっしゃいませぬゆえ」

「養子を取ればよい」

「それはいけませぬ。誠興公のお血筋であられる房興さまがいらっしゃるのに、他家から養子などとんでもないこと」

「それに、わしが跡を継ぐなど、大橋民部たちが許さぬだろう」

「それはまず大丈夫でございましょう。そのために我らがおります。大橋民部さまらに、決して邪魔はさせませぬ」

房興は大きく息をつき、三人の顔をじっと見た。真剣な目が見返してくる。

「よいか。とにかく、わしに沼里のあるじになる気は一切ない。それだけは、はっきりいっておく。わかったら、すぐさま沼里に戻り、峰乃介に復命《ふくめい》せよ。今から帰れとはいわぬ。明日、夜明け前に発て」

四

風が冷たい。行きかう人たちの背中も丸まっている。あと三町も歩けば、八丁堀の組屋敷が見えてくる。

本当は、二人で食事をしたかった。腹もだいぶ空《す》いてきている。

だが、食事をとってしまうと、母の田津《たづ》が一人で夕餉《ゆうげ》ということになってしまう。それはどうあっても避けたい。下女を嫁にだしたこともあって、以前は富士《ふじ》太郎《たろう》が早く帰らないとき、田津一人で夕餉をとるのが当たり前だった。今はちがう。智代《ともよ》がいる。富士太郎の帰りが遅いときは、智代が母と一緒に食べてくれる。田津は、もう一人での夕餉には戻れないだろう。今日出かける前、田津は、二人でおいしいものを食べていらっしゃいと送りだしてくれたが、やはり一人での夕餉は寂しいものにちがいなかろう。

夕餉の刻限まで、あと一刻ばかりしかない。楽しい時間は、信じられないほど早くたつ。今日もあっという間だった。初冬の太陽はすっかり勢いを失い、薄い雲にかき消されそうな光しか発していない。そろそろ屋敷に帰らないといけない。智代には夕餉の支度《したく》という仕事があるのだ。

それでも、まだまだ二人きりでいたくて、富士太郎は智代を茶店に誘った。四半刻もないだろうが、残されたわずかな時間をじっくりと味わいたかった。

小腹を満たしたく、富士太郎は団子《だんご》も頼んだ。小女はすぐに茶と一緒に持ってきてくれた。串に四ついた団子が、二本、皿にのっている。富士太郎と智代は、一本ずつ手に取った。富士太郎はかぶりついた。智代は下を向き、静かに食べている。

「おいしいね」

「はい、本当に」

二人して笑い合った。それだけで、富士太郎は幸せな気分に包まれた。串を皿の上に置き、茶を喫《きっ》する。智代は湯飲みを取りあげたが、すぐには口にせず、あたたかみを感じ取るように手のひらで包みこんでいる。

「智ちゃん、今日は楽しかったね」

「ええ、ほんとに楽しかった」

智代がにこにこする。

「富士太郎さんと一緒にいるといつも楽しいんですけど、こんなに楽しかったのは、いつ以来かしら」

「おいらもだよ。ときがとまってくれればいいのに、とずっと思っていたよ」

「私も同じです。とまらないまでも、もっとゆっくり流れてくれればよいのに、と思っていました」

「時間がたつのが早かったね」

「ずいぶん前に起きて朝餉《あさげ》をいただいたはずなのに、もう日暮れですもの」

町奉行所で定廻りを拝命している富士太郎は今日は非番で、智代と二人で芝居見物に出かけたのだ。芝居好きの田津が、これはすばらしい出来だから、と勧めてくれたものがあった。それには、七右衛門《しちえもん》が二枚目として登場していた。

以前のことだが、七右衛門は田津の頼みで富士太郎に惚れた男という役を演じてくれ、そのおかげで、直之進が大好きでならなかった富士太郎は男に好かれるというのがどういうことなのか覚り、こうして智代という女性と堂々と茶を飲んだり、食事をしたり、連れ立って歩くようになったのである。

富士太郎さん、と湯飲みにひと口つけて智代が呼びかけてきた。富士太郎は、なんだい、と顔を向けた。

「今日は一日、ありがとうございました。さっきもいいましたけど、本当に楽しかった。芝居もおもしろかった。七右衛門さんの七役早変わりはすばらしくて、私、感動しました。田津さまのおっしゃる通りで、どきどきの連続でもありました」

「うん、七右衛門さん、すごかったね。七右衛門という名は、七役早変わりのすばらしさからお師匠さんが命名されたらしいよ」

「ああ、そうだったのですか。でも富士太郎さん、お疲れではありませんか」

「そんなことはないよ」

富士太郎は元気よく首を振った。

「これから向島《むこうじま》に行こうって智ちゃんがいっても、へっちゃらだよ。智ちゃんこそ疲れてないかい」

「私も大丈夫です。これから熱海《あたみ》までだって一気に歩けそうですから。でも富士太郎さん、久しぶりの非番なのですから、ゆっくりとお体を休めたかったのではありませんか」

「そんなことはないよ」

同じ言葉を繰り返した。

「おいらにとっていちばん大事なのは、智ちゃんだからね。智ちゃんと一緒にいるときが、おいらはいちばん疲れが取れるんだよ。こんなに楽しい時間をすごしたからこそ、明日からまたがんばろうって気になれるんだ。それは、智ちゃんが一緒にいてくれるからだよ」

「私も、富士太郎さんがそばにいてくれるから、なんでもがんばれます。料理も掃除も洗濯も。やり甲斐《がい》っていうのかしら、そういうものが心の奥からわいてきます」

ああ、うれしいなあ、と富士太郎は頬が自然にゆるむのを感じた。

「もし智ちゃんがそばにいてくれなかったら、せっかくの非番をおいらは一日中、寝てすごすしかなかっただろうね。それじゃ疲れは取れないんだよ。ぐうたらしているより、少しでも体を動かしたほうが疲れは取れるんだ」

富士太郎は残りの茶を飲み干した。長床几《ながしょうぎ》の上に静かに湯飲みを置く。

「智ちゃんはまるで薬みたいだよ。良薬は口に苦し、というけど、おいらにとって智ちゃんは、甘くてよく効く薬だなあ」

くすっ、と横から笑い声がきこえた。そちらに顔を向ける前に、樺太郎《かばたろう》、と呼ぶ野太い声が耳に入りこんできた。この声は、と富士太郎はさっと見た。案の定、よく肥《こ》えた体を持て余すように、平川琢ノ介《ひらかわたくのすけ》が隣の長床几に腰かけてにんまりと笑ってこちらを見ていた。

「豚ノ介《ぶたのすけ》。どうしてこんなところに。まさかつけていたんじゃないだろうね」

「どうしてわしがそんなさもしいことをしなきゃならんのだ。富士太郎のあとをつけても、楽しいことなんか、ありゃしないだろう」

「それだったらどうして、ここにいるんですか。茶店なんか入ったこと、ないでしょう」

「わしだって、たまには入るさ。茶や団子が食べたいときだってある。だが、今日は祥吉《しょうきち》が休みたいといったんでな」

「えっ、祥吉ちゃんが」

琢ノ介の巨体に隠れる形で、祥吉がちょこんと座っていた。団子に夢中の祥吉だけではない。母親のおあきも一緒である。おあきがこんにちは、と挨拶《あいさつ》する。富士太郎と智代も返した。祥吉も団子を皿の上に置き、こんにちは、と大きな声でいった。

「平川さん、いつからそこにいたんです」

「おまえたちが来るちょっと前だな。おまえは智代どのに夢中で、わしらにまったく気づかなんだ」

「さようでしたか。その腹が目に入らぬなど、それがしはどうかしていますね」

「智代どのにしか目が向いておらぬということだろう。よいことだ。富士太郎、今日は非番なんだな」

「ええ、さようです」

富士太郎は琢ノ介、祥吉、おあきの順に目を当てた。

「三人でお出かけだったのですか」

「そうだ。祥吉に筆と硯《すずり》、墨《すみ》を買った。まとまった金が入ったんで、奮発した」

「へえ、それはよかった。いいものは、使い勝手が全然ちがいますからね。祥吉ちゃんは、じきに手習所《てならいじょ》ということですか」

「そういうことだな。来年から通いはじめてもおかしくない歳だ」

「楽しみですね」

「まこと、その通りよ。わしは学問はさっぱりだったが、祥吉はわしとちがって頭のめぐりが実によいから、末は学者になれるにちがいない」

鼻の穴を馬のようにふくらませ、でっぷりとした腹を突きだした琢ノ介が、富士太郎をじっと見る。それからちらりと智代にも目を当てた。

「ところで、二人はいつ一緒になるんだ」

いきなりこんな問いをぶつけられて、富士太郎はどぎまぎした。智代も驚いた様子だが、富士太郎よりずっと落ち着いている。

「富士太郎、まさか一緒にならぬということはないのだろう」

「は、はい。それはもう」

富士太郎は智代をちらりと見た。富士太郎さんがどういうふうに答えてくれるのだろう、と興味深そうな顔つきにみえる。よし、と富士太郎は腹を据《す》えた。智代を見つめる。智代が、目を大きく見ひらく。

「智ちゃん、おいらと一緒になってくれるかい」

「おまえ、いきなり、な、なにをいっているんだ」

琢ノ介がまるで自分がいわれたかのようにうろたえる。茶店のなかの客たちも、首を伸ばしたり、腰を浮かせたりしている。

智代だけは真剣な表情を崩さず、富士太郎を見つめている。富士太郎はそれに力を得て、言葉を続けた。

「おいらは、ずっと智ちゃんと一緒にいたいんだ。どうだい、おいらのお嫁さんになってくれるかい」

「はい、よろしくお願いいたします」

目に涙をたたえた智代が、深々と頭を下げる。よかったあ、と心中で大声を発して富士太郎は胸をなでおろした。まわりの者たちから、お侍、でかしたねえ、よくおっしゃった、よかったねえ、こんな美人の嫁さん、うらやましいよ、と次々に歓声があがった。富士太郎はきょろきょろとまわりを見まわした。茶店のなかの者たちすべてが満面の笑みだ。小女は、羨望《せんぼう》の眼差《まなざ》しを隠そうともしない。いつか自分もああいうふうにいわれたい、と考えているのは一目瞭然だった。おあきも、おめでとうございます、といってくれた。祥吉はひたすらにこにこしている。

琢ノ介が喉仏《のどぼとけ》を上下させた。

「富士太郎、あまりに唐突で、わしは引っ繰り返るほど驚いたが、それにしてもこのような場所でよく思いきったものだ」

「実を申せば、母上がすでに人を介して、智代どのの実家の一色屋《いっしきや》さんに話を持っていっているはずなのです。一色屋さんから智代どの、いえ、智ちゃんに話が知らされる前に、自分の気持ちをはっきりと伝えておこうと前々から思っていたのです」

「なんだ、もうそんなに進んでいたのか。おまえはこの前、智代どのの危ういところを救ったし、一色屋にしてみれば、断る理由など一つもあるまい。わしも安心したよ。――智代さん、よかったな」

「はい」

智代がにこにことうなずく。

「富士太郎、いいか。大事にしろよ。智代どのの目を見ればわかるが、おまえのことをこんなに想ってくれる女性はこの先、決してあらわれぬからな」

「わかっています。生涯をかけて、大事にします」

「ふむ、よい答えだ」

琢ノ介が満足そうに顎をなでさする。

「平川さんはどうなんです」

「なんのことだ」

「おあきどのですよ」

「なんだと。富士太郎、なんで急にそんなことをいうんだ」

「平川さんだって、いきなりだったじゃありませんか」

「それにしても、いいようというものがあるだろう。わしにも心の準備が必要だ」

おそるおそる琢ノ介がおあきを盗み見る。おあきは少し驚いたようだが、どういうふうにいってくれるのかしら、といいたげに琢ノ介を見つめている。その瞳に熱いものが秘められているように見えたのは、富士太郎の勘ちがいではあるまい。

「琢ノ介のおじさん、はっきりいっちゃいなよ。おっかさんも待ってるよ」

「祥吉、なにをいってるの」

おあきが狼狽《ろうばい》する。

「まことか、祥吉」

琢ノ介が勢いこむ。

「本当だよ。おっかさん、口にはださないけど、琢ノ介のおじさんと一緒になることを夢見ているんだよ」

琢ノ介が顔をあげ、おあきを見つめた。

「あの、おあきさん」

「いけません、平川さま」

おあきが首を強く振る。

「お気持ちはものすごくうれしいのですけど、ここではおやめください。あまりまわりの者たちが、またも興味津々という顔でのぞきこんでいる。

「わ、わかった。いずれちゃんとしたところで申しこむことにしよう」

なんだよ、なにもなしかい、という顔でまわりの者たちは茶をすすったり、団子を食べだしたりした。代《だい》を払って帰る者もいる。

「智ちゃん、おいらたちもそろそろ帰らないといけないね」

「はい、あまり遅くなると、田津さまが心配されるかもしれません」

「そうか、富士太郎、帰るか。明日からまた仕事だな。がんばってくれ」

「はい、がんばります」

「ああ、そうだ、おまえに一つ伝えておくことがあった」

「なんですか」

「ちょっと耳を貸せ」

富士太郎は琢ノ介に顔を近づけた。ぼそぼそと言葉が耳に吹きこまれる。

「な、なんですって」

富士太郎は跳びあがらんばかりだ。声だけは冷静に低くした。

「又太郎さまがご危篤……なんてことだ」

「それでな、直之進はいてても立ってもいられず、また沼里に向かったぞ」

それは当然だろう。大事な主君が危篤と知って、直之進が江戸にとどまっているはずがない。沼里に駆けつけるのは、当たり前のことにすぎない。それにしても、富士太郎は又太郎のことが心配でならない。あんなにいい殿さまはいないと強く思っている。頭を打ってしまった以上、以前の又太郎に戻れるかどうか、心許《もと》ないものがあるが、なんとか一命は取り留めてほしい。命さえあれば、人は運命を自力で切りひらいてゆくことができる。以前の又太郎に戻ることだって、十分にできよう。

それに、と富士太郎は心中で唇を噛んで思った。もし又太郎さまに万が一のことがあれば、直之進さんは死を選んでしまうかもしれない。それだけ又太郎に心《しん》服《ぷく》していた。

沈痛な表情で琢ノ介が続ける。

「直之進は馬を使うといっていた。今頃、沼里に着いているかもしれん」

五

疲れ切った。

だが、疲れたなどといってはいられない。一刻も早く、又太郎さまのもとに駆けつけなければならない。直之進はその一心で、ここまでやってきた。

馬で沼里に来たのは初めてのことである。直之進は、沼里宿の問屋場《といやば》で馬を乗り捨てた。主家が江戸に早馬などをだすとき、次々と馬を乗り換えられるように東海道筋の問屋場と約定《やくじょう》を取り交わしているのだが、安芝菱五郎の計らいでそれを使わせてもらったのだ。さすがに馬は速かった。徒歩とは確実に一日半はちがう。

とっぷりと日は暮れているが、今からでも城にあがりたかった。だが、旅塵にまみれたまま登城するわけにはいかない。直之進はいったん西条《さいじょう》町にある屋敷に向かうことにした。途中、どこもかしこも夕餉の支度をしているようで、あちこちから食い気をそそるにおいがしてきた。ほとんど空腹は感じていないが、においがうまそうに感じるのは、やはり腹が減っているからだろう。

あたりは、夜の幕にすっぽりと覆われている。やがてその闇の向こうに、うっすらとこぢんまりとした門が見えてきた。かたく閉じられているが、なかから淡い光が塀を乗り越え、しみだしていた。下男の欽吉《きんきち》が暮らす小屋で灯されている明かりだろう。

「欽吉」

直之進は門を叩き、呼ばわった。それに応じ、小走りの足音がすぐさま近づいてきた。

「欽吉、あけてくれ」

「まさかその声は」

音を立ててくぐり戸がひらき、下男の欽吉が顔をのぞかせた。目を丸くする。

「本当に殿だ」

「入るぞ」

直之進はくぐり戸に身を沈めた。目の前に立った直之進を、欽吉がしげしげと見る。

「江戸でお殿さまのことをおききになったのですね。いらっしゃるのではないかと思っておりましたが、まさかこんなに早いとは思いもよりませんでした」

「欽吉、着替えをしたい。その前に風呂に入りたい。沸かしてくれるか」

「お安いご用です。殿、お風呂に入られたらすぐにお城に向かわれるので」

「そのつもりだ」

「夕餉は」

屋敷内に足を踏み入れたら、急に空腹を感じた。だが、今は腹のことなど、どうでもよい。又太郎に会いたい。会って顔を見たい。呼びかけたい。

「夕餉は帰ったらもらうことにしよう。いや、今日は戻らぬかもしれぬ。明日の朝餉になってしまうかもしれぬな」

「承知いたしました。とりあえず、支度はしておきます」

「すまぬな」

着替えは風呂のあとにするべきことだが、着物は用意しておいたほうがよい。

直之進は自分の部屋に行き、簞笥《たんす》の引出しから上質の着物を取りだし、いつでも着られるようにととのえた。昨日の夕刻に江戸を発ち、一睡もしていなかったから、少し横になりたかったが、又太郎のことを思えば、休息などしていられない。それでも、風呂の支度ができるまで立っている必要はなく、直之進は畳の上に座りこんだ。欽吉がしっかり掃除をしてくれているおかげで、畳はきれいなものだ。かすかながらも、よい香りが立ちのぼっている。

――殿。ふと、自分を呼ぶ声が頭に入りこんだ。直之進は、はっとした。知らず目を閉じてしまっていた。こんなことでどうする、と自らを叱りつけた。たかが一日寝ていないだけでこのざまでは、殿に申しわけが立たぬ。

目をあげ、声のほうを見た。敷居際に欽吉が立っている。風呂が沸いたとのことだ。ほんの数瞬、目を閉じていただけかと思ったが、意外にときがすぎている。直之進は首を振ってしゃんとした。立ちあがり、風呂に向かう。

風呂焚《た》き名人の欽吉が沸かしただけあって、湯加減は絶妙だった。疲れが湯にじんわりと溶けてゆく。寝入ってしまいそうな心地よさだったが、直之進は颯然《さつぜん》と湯船を出た。自分の部屋に戻り、着替えを済ませる。両刀を腰に差し、部屋をあとにした。

「お供いたしましょうか」

玄関先で欽吉が申し出る。

「頼む」

欽吉が手早く屋敷の戸締まりをする。

「沼里も物騒になりました」

盗人が跳梁跋扈《ちょうりょうばっこ》しているという。ときおり押し込みもあるとのことだ。

「お殿さまが町奉行を叱咤され、犯罪人の取り締まりに本腰を入れるとのことでしたから、期待していたのですが、とんだことになってしまって」

愚痴をこぼすように力なくいって、欽吉が提灯《ちょうちん》に灯を入れた。まず門に向かい、外に出た。江戸よりもずっと深い闇が、目の前に横たわっていた。

欽吉の先導で、沼里城を目指した。夜の五つ前というのに道を行きかう人はほとんどなく、町全体がひっそりとして、闇の海に沈んでいた。耳を打つ西風の音と、どこからかこだましてくる犬の遠吠《とおぼ》えが、夜のしじまにひびを入れるのみである。空に星の輝きはない。雲が折り重なって上空をすっぽりと覆っている。今宵は満月に近いはずだが、どこにあるのかすらはっきりしない。常夜灯の明かりが闇の壁に穴をうがってはいるものの、威力はたいしたものではなく、穴はすぐにふさがれてしまう。

「欽吉、城ではなく、大橋さまの屋敷に向かってくれ」

思いついて直之進は命じた。

「はい、承知いたしました。お城とは目と鼻の先ですから、遠まわりにもなりません」

それから、ほんの一町も行かなかった。欽吉が足をとめ、提灯をあげる。

「殿、着きました」

提灯の明かりが、闇をわずかに溶かす。見覚えのある長屋門が、直之進たちを威圧するように見おろしていた。欽吉が訪《おとな》いを入れる。すぐさま応《いら》えがあり、くぐり戸の脇にある小窓がひらいた。二つの目が直之進たちを見つめる。欽吉が直之進の名を告げた。しばらくお待ちあれ、と小窓が閉じられ、足音が遠ざかっていった。ほとんど間を置くことなく戻ってきて、くぐり戸があいた。どうぞ、お入りくだされ、といわれ、直之進は邸内に足を踏み入れた。欽吉は外で待つという。

母屋《おもや》にあがった直之進は客間に通され、茶を供《きょう》された。ほどよい熱さの茶を、遠慮なく喫《きっ》した。大ぶりの湯飲みにたっぷりと入っている。これは、たぶん大橋民部の配慮であろう。直之進が夜っぴて沼里に駆けつけたことがわかっているのだ。眠気覚ましに茶は最適である。もっとも、屋敷からここまで来るあいだに眠気も疲れもすっかり取れていた。とにかく又太郎のことが心配でならない。

直之進が茶を飲み干したのを見計らったように大橋民部があらわれ、目の前に座った。直之進はていねいに辞儀した。

「そんなにかしこまらんでもよい」

「畏れ入ります」

「江戸から駆けつけたか。早かったな。馬で来たのか」

直之進は、安芝菱五郎の計らいがあったことを説明した。民部が大きく顎を動かす。

「あの男は見かけによらず、仕事はできるゆえな。殿も期待をかけられている」

民部が直之進を見据える。

「湯瀬、はやる心を抑えつけて風呂に浸かったようだな。着替えもしっかりと済ませてあるな。ふむ、さすがだ。よし、さっそく殿に会いにまいるか」

「よろしいのですか」

「むろんよ。夜を日に継《つ》いで駆けつけた忠臣を会わせぬわけにはいかぬ。それに、そなたは殿のお気に入りだ。そなたが声をかければ、殿によい兆候が見られることも十分に考えられる」

「こんな刻限でも大丈夫ですか」

「残念ながら、今の殿に刻限は関係ない。御典医方がつきっきりだが、あちらも刻限を気にすることはなかろう」

民部には六人ばかりの供がついた。直之進は欽吉を連れ、民部のあとにしたがった。民部の二人の家臣が提灯をつけているが、夜の殻を打ち破るほどではなく、闇は次から次へとのしかかってくる。

「湯瀬、疲れてはおらぬか」

民部が振り向いてきく。

「はい、疲れはまったくありませぬ」

ふふ、と民部が薄い笑いを漏らす。

「夜っぴて江戸からやってきて疲れておらぬか。そなたは剣だけでなく、体も強いゆえ、それも本当に思えてくる」

ほんの二町ばかり歩いただけで城に着いた。大手《おおて》門《もん》は閉じられていたが、民部の一声であっさりとひらいた。ここで直之進は欽吉と別れた。民部の供の者たちは、二人の家臣を除いてあるじの戻りを待つことになる。

直之進と民部、二人の家臣は城内二ノ丸にある御殿に向かった。御殿の玄関前には二つの篝火《かがりび》が燃え、冬にもかかわらず緑を青々と茂らせた木々や、鉄砲狭《てっぽうざ》間《ま》が設けられた白い城壁などをうっすらと浮かびあがらせていた。

民部の二人の家臣は玄関までだった。直之進は民部に導かれ、二ノ丸御殿と呼ばれる巨大な建物に入りこんだ。ここは政庁でもあり、又太郎が暮らすところでもある。昼間、多くの家臣はここで仕事をこなすのである。今は家臣たちは自宅で又太郎の本復を祈っており、御殿内は静寂が支配していた。

この広大な御殿内で又太郎が懸命の手当を受けているのだと思うと、直之進は胸が締めつけられる思いがした。御殿の西側に延びる縁側を歩く。ここには畳が敷かれ、足音は一切立たない。やがて畳が切れ、板張りの廊下があらわれた。鶯《うぐいすば》張りになっており、床板がきしんで高い音を発した。又太郎の部屋がすぐそばであることを直之進は知った。

つがいの鶴が描かれた平凡な襖の前で、民部が足をとめた。直之進を見て、深くうなずいてみせる。直之進はうなずきを返した。

民部が鶴の襖を静かにあけた。あらわれたのは控えの間で、そこには二人の宿直《とのい》の者が端座していた。行灯の明かりが揺らめくなか、きっとした顔で直之進たちを見たが、姿を見せた一人が民部であり、もう一人が直之進であるのを見て取って、険しい顔を解いた。宿直の背後に、崖に生《は》える松の枝から獲物を狙う鷹が描かれた襖があった。直之進は心のなかで顔をしかめた。襖の向こうに何人かの気配があり、ひどく重苦しい空気が漂ってきたからである。

民部が宿直に押し殺した声でたずねる。お変わりございませぬ、と右側の者が無念そうに答えた。

「そうか」

民部がつぶやくようにいった。

「この男は湯瀬というが、存じておるか」

「はい」

二人がそろって顎を引く。

「殿に会わせたい。御典医方の許しをいただいてまいれ」

承知いたしました、といって一人が鷹の襖をあけた。又太郎さまのお姿が見えるかもしれぬ、と直之進の心は昂《たか》ぶったが、布団の端のほうがわずかに見えただけで、襖は閉じられた。ぼそぼそと数人の声がしたあと襖があき、宿直が戻ってきた。民部と直之進を見つめる。

「どうぞ、お入りください」

「かたじけない」

直之進は宿直に頭を下げた。まいろう、と民部がうながし、鷹の襖を横に滑ら
「殿のご様子は」

せた。直之進は民部に続いて敷居を越えた。むっとする薬湯のにおいが鼻孔《びこう》を突く。

十畳は優にある広い座敷のまんなかに布団が敷かれ、四人の医者が取り囲んでいた。布団の上に、紛れもなく又太郎が横になっている。直之進はその姿を目にしただけで胸が詰まり、足が進まなくなった。こみあげてくるものがあり、涙が出そうになった。民部が、仕方あるまいという瞳をしたが、すぐに叱咤するようにいった。

「湯瀬、なにをしておる。早く殿に声をかけてさしあげぬか」

「はっ、申しわけございませぬ」

直之進は腹に力をこめて布団に近づいた。御典医の一人があけてくれた場所に座り、又太郎の顔をのぞきこむ。頭に晒《さら》しを巻いている又太郎は青白い顔色をしていたが、呼吸はふつうにできており、ぐっすりと眠っているようにしか見えなかった。

「湯瀬、殿に呼びかけよ」

はっ、と答えて直之進は又太郎を見つめた。

「殿、湯瀬直之進にございます。おわかりになりますか」

だが、又太郎は眉一つ動かさない。ひたすら深い呼吸を繰り返しているだけだ。

「殿、江戸よりまいりました。殿、お目を覚まされませ」

又太郎の表情が変わったようには見えなかった。直之進の声は届いていない。主君の心は、どこか深い海の底をさまよっているとしか思えない。どうすれば、そこから引きあげることができるのか。御典医たちに方策がないのに、素人《しろうと》の自分にわかるはずがなかった。今自分にできることは、脇目もふらずに又太郎に声をかけることだけだった。

四半刻ほど呼びかけ続けたが、又太郎にいっさい動きはない。昏々《こんこん》と眠り続けている。これで食事はどうしているのだろう、と直之進が思ったとき、同様の疑問を抱いていたらしい民部が御典医に問いを発した。

「殿はなにか食べておられるのか」

それに応じて、最も年かさの御典医が民部に目をやった。

「さじでお粥《かゆ》を差しあげています。唇を湿らせるようなものでございますが、ときおり舌でなめてはくださいます」

民部が目をみはった。直之進も同じ思いだった。民部が口から泡を飛ばすようにきく。

「では応円どの、殿は舌を動かされることがおありなのか」

この人が御典医筆頭の応円どのか、と直之進は思った。応円が民部の問いに深くうなずいてみせる。

「舌を動かされるようになったのは、ここ一刻のことにございます。これは、とてもよい兆《きざ》しにございます」

「では、目を覚まされるのも、そう遠くないのではないか」

応円が残念そうにかぶりを振る。

「それは果たしてどうでしょうか。なんともいえません。またご容体が急変するかもしれませんし。我らとしては、今はただひたすら手を尽くすことしかありません」

応円が再び又太郎のほうを向いた。直之進は無力の思いとともにうしろに退いた。こうべが自然に垂れてくる。いったい自分はなにをしに来たのだろう。なにもできぬのに、役に立てると信じ、やってきた。それがこのざまだ。直之進は唇を嚙み締めた。

不意にどこからか半鐘《はんしょう》がきこえてきた。城からはだいぶ離れているところで火事が起きたようだ。大事に至らなければよいが、直之進は祈るように思った。ぼや程度ですんでほしかった。だが、半鐘はしきりに鳴り続けている。鳴りやむ気配は感じられなかった。

ふと、直之進はなにかをきいた。つぶやきのような声だ。

「殿」

御典医が色めき立つ。応円が又太郎の口に耳を近づける。

「なんでございますか」

又太郎の口が動く。うわごとをいっていた。意外に大きな声で、直之進にもきき取ることができた。人の名である。しかも二人だった。おしず、こうきち、と直之進にはきこえた。

「おしず、こうきち」

民部が呆然として口にする。

「いったい誰だ、この二人は」

表情からして、この場にいる誰一人として心当たりはないようだ。民部が視線を当ててきたが、直之進は首を振った。応円が、殿、と強い口調で呼びかけた。

「おしず、こうきち、というのは、誰のことにございますか」

だが、もう又太郎はなにごともいわなくなっていた。深い眠りに戻ってしまっている。沈黙が座敷を包みこんだ。きこえるのは、規則正しい寝息だけである。

かたく腕組みをした民部が沈黙の幕を裂くように、まさか、と小さくない声を発した。

直之進は目をあげ、民部を見つめた。民部が瞳を向けてきた。

直之進は民部と顔を見合わせた。うなずいてみせる。

民部のつぶやきの意味は、すでに解していた。

第二章

一

おきくちゃん、かわいそうだな。

智代の笑顔を目の当たりにするたび、富士太郎はそんなことを思う。昨日、智代に求婚して、幸せの絶頂にあるから、逆におきくのことが気にかかるのかもしれないが、今も箸《はし》を持つ手をとめ、ぼんやりと考えにふけっていた。

せっかく直之進さんと一緒に沼里へ行って帰ってきたばかりなのに、また直之進さんが沼里へ行っちゃうなんて。

自分には智代がいる。いつもそばにいてくれるから寂しさなど感じたことはないが、もし智代がどこかに旅に出たりしたら、心にぽっかりと穴があくにちがいない。

おきくちゃん、寂しいだろうなあ。直之進さんと一緒に行きたかっただろうね。でも、おきくちゃんのことだから、きっと笑顔で直之進さんを送りだしたにちがいないさ。そういう心遣いができる娘だからこそ、直之進さんはお嫁さんに選んだんだものね。

「富士太郎さん、どうかされましたか」

智代がじっと見ている。

「うん、ちょっと考え事をね」

富士太郎は箸でたくあんをつまみ、ぼりぼりとやった。

「富士太郎、なにを考えていたのです」

母の田津が、箸をきちんと箸置きに置いてきく。背筋がしっかりと伸びており、姿勢がとても美しい。富士太郎も姿勢を正して、田津に対した。

「湯瀬直之進さんの許嫁のおきくさんのことです」

「なぜおきくさんのことを」

富士太郎はわけを語った。

聞き終えて、田津が深くうなずく。

「おなごは待つのが仕事ですけれど、確かにおきくさんはかわいそうですね」

ますよ」

横で智代もうなずいている。田津が意外に明るい表情で続ける。

「でも、富士太郎、そんなに心配いりませんよ。直之進さん、すぐに帰ってみえますよ」

「えっ、なぜです」

富士太郎は即座に問い返した。

「お殿さまがご危篤ということで、故郷の沼里に戻ったのですよ。いくらなんでも、すぐに戻れるとは」

「いえ、戻ってきます」

田津は自信満々だ。

智代が不思議そうに田津を見ている。しとやかな声音でたずねた。

「なぜ田津さまはそういうふうに思われるのですか」

「智代さんは、もしいま富士太郎がいなくなったら、寂しいでしょう」

「はい、それはもう」

間髪《かんはつ》容れずに智代が答えたことに、田津が満足そうに微笑する。

「富士太郎も同じですね」

「はい、その通りです。母上、直之進さんがおきくちゃん恋しさにすぐさま戻ってくるとおっしゃるのですか」

「ええ、そうですよ」

田津がしれっとした顔でいう。

「でも母上、今も申しあげましたが、直之進さんはお殿さまがご危篤ということで沼里に向かったんですよ。いくらなんでも、おきくちゃん恋しさという理由では、無理でしょう」

「いいえ、戻ってきます。だって、直之進さんとおきくちゃんにとって、今がいちばん楽しい時期ですもの。結婚が正式に決まり、これから新しい暮らしをはじめようとするときですよ。お殿さまのご危篤というのは予期せぬことであって、もちろんこれ以上ない衝撃を受けられたでしょうけど、それでもやはりこの世でいちばん大事な許嫁を長いこと放っておくことなどできはしません」

富士太郎は首をひねった。

「そうでしょうか」

「見てなさい、富士太郎」

田津が拳で自らの胸を叩いた。

「明日、あさってというのはさすがに無理でしょうけど、しあさってには直之進さん、江戸に着いているんじゃないかしら」

そうかなあ。納豆ご飯を咀嚼《そしゃく》しつつ、富士太郎は自分のこととして考えてみた。もし自分なら危篤の殿さまを放って、戻ってくるだろうか。実際のところ、又太郎の近くにいてもできることはない。だが、それでもそばにいたいのが人情なのではないか。田津のいうことはよく当たるとはいえ、これには富士太郎は納得しかねた。

「富士太郎、それに、おきくさん恋しさだけで直之進さん、急いで戻ってくるわけじゃないと思いますよ」

「えっ、どういうことです」

ふふ、と田津が小さく笑いを漏らす。

「お殿さまがご危篤ということは、もしかしたらお家騒動に発展することも考えられますね」

それはそうだろう、と富士太郎も思う。なにしろ又太郎には、まだ跡取りがいない。その上、沼里家には、罪を得て伊豆の飛び地領に流された又太郎の腹ちがいの弟がいる。どう考えても、お家騒動につながらないわけがない。

「あくまでも私の勘ですけどね、直之進さん、お家騒動につながらないようにって、江戸で全力を尽くすために戻ってくるんじゃないのかしら」

「お家騒動につながらないようにすることとって、いったいどんなことです。しかも江戸でですか」

田津が微笑とともに小さく首をひねる。

「私にはよくわかりません。でも、なんとなくそんな気がするのですよ」

お家騒動につながらないようにすることとは、いったいなんなのか。

出仕した富士太郎は自分の文机《ふづくえ》の前に座りこんで考えてみたが、さっぱりわからない。そういう働きをするのだったら、江戸ではなく沼里ではないのか。それとも、江戸屋敷の者たちが関係しているのだろうか。

母親のたわごとにすぎないと断じるのはたやすいが、あの確信のありようからして、富士太郎はどうもそれだけでは割り切れないものを感じている。

「樺山《かばやま》さま」

富士太郎の思案を断ち切る声がきこえた。見ると、同心の用をつとめる小者の陣《じん》ノ助《すけ》が詰所に入ってきたところだった。血相を変えて足早に近づいてくる。

なにか起きたことを覚り、富士太郎はすぐさま腰をあげた。富士太郎の前で足をとめ、陣ノ助がいう。

「樺山さま、殺しです」

「ここですね」

先導してきた中間《ちゅうげん》の珠吉《たまきち》が足をとめたのは、瓦屋根が日光を穏やかにはね返している一軒家だった。場所は、富士太郎の縄張《なわばり》の本郷元町《ほんごうもとまち》である。路地をいくつか入り、やや奥まったところに家はあった。富士太郎は家の前で立ちどまり、呼吸をととのえた。町奉行所から急いで来たので、さすがに息が切れている。だが、今は珠吉が案じられてならない。

珠吉は富士太郎以上に荒い息を吐いており、顔色もよいとはいえない。青白さを通り越して、灰色に近いものになっている。目の下にくまができていた。せめて水を飲ませてやりたいが、近くに井戸もない。

「旦那、どうしやした」

珠吉が目を光らせていう。

「あっしなら大丈夫ですよ。このくらいでくたばったりしませんから」

「本当かい」

「本当ですとも。今の若いもんとは鍛え方がちがいますぜ」
珠吉がそういうのなら、富士太郎としては信じるしかない。休んでいるように
いっても、この頑固な中間は決してしたがわないだろう。
富士太郎は珠吉をうながして、家に入った。贅《ぜい》を尽くした造りで、太い柱や梁《はり》
は見とれるほどに美しい木目をしている。廊下の板も幅広で、足にやわらかく当
たる。外から見たときよりずっと家は広く、七部屋は優にある。富士太郎たちは
最も奥の座敷に足を踏み入れた。部屋は広々としている。十畳間だ。漆《うるし》が厚く塗
られた床の間に違い棚がしつらえられている。死骸は上質の布団の上に横たわっ
ている。枕元に行灯が置かれていた。
殺されたのはやくざの親分で、願之助《がんのすけ》といった。歳は四十五で、でっぷりと太
っていた。腹の肉は琢ノ介も顔負けで、大太鼓が入っているかのようにふくれて
いる。
富士太郎が見たところ胸を一突きにされ、そこからおびただしい血が流れだし
て、布団を汚している。畳にまで血は流れていない。一か所、少し離れた畳に血
がついているが、これはなんだろうか。
願之助の目は天井を向いているが、なにも映じてはいない。古木のうろのよう

にうつろだ。部屋のどこにも凶器らしいものは見当たらない。犯人が持ち去ったのか。今のところは、そう考えるのが自然だろう。

死骸のそばに、呆然《ぼうぜん》と女が立っている。願之助の妾《めかけ》でおゆうという、歳は十八とのことだ。左肩に怪我をしている。かなり深い傷のようで、緑と橙《だいだい》が目立つ派手な着物が、そこだけ色が変わっていた。血を流したせいなのか、ずいぶんと青い顔をしている。

このおゆうという女が、願之助が殺されたことを自身番に知らせたのである。自身番に詰めていた家主が、この家で本当に惨劇が行われていることを確かめたのち、町奉行所に使いを走らせたのだった。

「おまえさん、怪我は大丈夫かい」

富士太郎はおゆうに声をかけた。

「手当はしてもらったのかい」

「いえ、まだです」

か細い声でおゆうが答える。舌っ足らずなしゃべり方だ。

「血はとまっているのかな」

「多分……」

「じきお医者が見えるから、診《み》てもらったほうがいいね」

富士太郎が手当できればよいのだが、残念ながら心得はほとんどない。

「はい、ありがとうございます」

頭を下げたが、痛みが走ったようで、顔をしかめた。

「大丈夫かい。無理はしないほうがいいね。でも、少しだけ話をきかせてくれるかい」

おゆうが細い顎をそっと引いた。

「その肩の傷だけど、誰にやられたんだい」

「押し入ってきた男です」

「賊は男なんだね」

富士太郎はおゆうの様子を見た。問いを続けても大丈夫そうに見えた。珠吉に目を転ずる。珠吉はそれとわかる程度にうなずいた。

「賊は一人だったのかい」

「はい、そうです」

「いつ押し入ってきたんだい」

「昨夜です」

「昨夜のいつ頃かな」

「はっきりと覚えていませんけど、九つはまわっていたと思います」

「二人とも眠っていたんだね」

「はい。横で旦那がいびきをかいていたのをなんとなく覚えていますから」

「行灯はつけていたのかい」

「いえ、消していました」

「じゃあ、部屋は真っ暗だった」

「はい、さようです」

「それなのに賊が男だってわかったのかい」

一瞬、おゆうが詰まる。

「はい、それがわかったんです。どうしてわかったのか、今は思いだせないんですけど」

おゆうが目を閉じ、考えにふける。さっと目をあけた。

「ああ、わかりました。声がしたんです。野郎っていう声です」

「賊が、野郎って叫んだんだね。願之助の声ということは」

「ちがいます。旦那の声はもっとかすれています。昨夜の男の声は澄んでいるというか、まったく別のものでした」

「澄んだ声の持ち主か」

富士太郎がいったとき、失礼いたします、と検死医師の福斎《ふくさい》が姿を見せた。富士太郎はほっとした。福斎は、薬箱を手にした助手の若者を一人連れている。

「福斎先生」

富士太郎は呼びかけ、おゆうの手当を先にしてくれるように頼んだ。

「お安いご用です」

「おゆうさん、手当が終わったら、また話をきかせてもらえるかい」

「はい、承知いたしました」

福斎がおゆうを隣の間に連れていった。助手が襖を静かに閉める。富士太郎は、廊下に立っている四人の町役人《ちょうやくにん》に目を移した。いずれも富士太郎の見知っている顔だ。なにか事件が起きた場合、その場に足を運ぶのは、町役人として当然のつとめである。知らせをきいて、願之助の子分と思える男たちも駆けつけており、親分に会わせろっ、なかに入れろっ、と盛んに大声をあげているが、奉行所の中間、小者たちに戸口のところでとめられている。先に町役人の話をきいてからのほうがいいね、と富士太郎は判断した。そのあいだに子分たちの熱も冷めるのではないか。


富士太郎は四人の町役人を手招いた。

「願之助だけど、ここに一家を構えているのかい。おいらの記憶では、確かちがうところだったように思うんだけど」

「ええ、樺山の旦那のおっしゃる通りです」

きれいに剃った月代《さかやき》と真っ白な髪がよく目立つ町役人が首を縦に振った。

「ここから三町ばかり西へ行ったところに一家を構えております」

「願之助一家には、子分はどのくらいいるんだい」

「十五人ほどでしょう」

「あまり多いとはいえないね」

「ええ、さようです。この豪奢《ごうしゃ》な家は願之助親分が建てたものですけどね。先代が亡くなり、願之助親分が跡を継いでから、一家はとみに威勢が衰えつつありますね」

そうだったのかい、と富士太郎はいった。

「この家だけど、願之助とおゆうさん以外に、子分はいないのかい」

「いわれてみれば、あまり子分さんたちの姿を目にしたことはありませんね」

「用心棒は」

「それらしい人を見たことはありません」

富士太郎は首をひねった。

「仮に差し迫った命の危険などがなくても、やくざの親分なら、子分なり用心棒なりが警護につかないとおかしいんじゃないのかい」

「確かに樺山の旦那のおっしゃる通りなんでしょうけど、そのあたりの詳しい事情は、手前どもにはわからないものですから。相済みません」

町役人がそろって頭を下げる。

「ああ、おまえさんたち、そんなことはしなくていいよ。顔をあげておくれ」

富士太郎は四人の町役人に目を当てた。

「願之助が誰かにうらみを買っていたというような話を、きいたことはないかい」

富士太郎は町役人の答えをきく前に、すぐさま言葉を続けた。

「やくざの親分だから、うらみを買っていないほうがおかしいんだろうけど、どうかな」

「あるようでしたね」

町役人としてはまだ年若い三十ほどの男が答える。

「手前が知っているのは一つなんですけど、子分さんたちから漏れきこえてきたのは、四五蔵《しごぞう》という親分さんと縄張争いになりそうになっているということですね」

「四五蔵かい。ふむ、きいたことがあるね。確か小石川《こいしかわ》のやくざ者だね」

「はい、さようです」

「四五蔵と縄張争いの真っ最中だったにもかかわらず、子分や用心棒を警護につけていなかった。こいつは妙だね」

珠吉も、その通りだというようにうなずいている。

「おまえさんたち、四五蔵以外に、うらみを買ったという話をきいてないかい」

きいていませんねえ、と四人とも申しわけなさそうにかぶりを振った。富士太郎はこれで四人を解き放った。ちょうど隣の間の襖が横に滑ったところだ。

「終わりましたよ」

福斎が声を投げてきた。ありがとうございます、と富士太郎は返した。

「先生、さっそく検死をお願いできますか」

「わかりました」

かすかに笑みを浮かべた福斎が助手とともに布団に近づき、死骸をのぞきこむようにしゃがみこんだ。まず胸の傷をじっくりと調べ、目の色を見る。それから、助手に手伝わせて願之助の体を引っ繰り返した。背中をていねいに見ている。

そこまで見届けて、富士太郎はおゆうを再度呼んだ。おゆうがとぼとぼと前に出る。

「もう傷のほうはいいかい」

「はい、だいぶよくなりました」

肩を軽くまわしてみせたが、もう顔をしかめはしなかった。

「だったら、もう一度、話をきいてもいいかい」

はい、といってこくりとうなずく。

「昨晩、おまえさんは、願之助と二人きりだったのかい」

「さようです」

「子分は」

「いえ、いませんでした」

「用心棒は」

「いえ」

「なぜかな。願之助一家は、よその一家と縄張をめぐって争っているというじゃないか。どうして願之助は警護役として子分や用心棒を置かなかったのかな」

「旦那は、私にいいところを見せたかったのだと思います」

「じゃあ自分でいらないっていったのかい」

「はい。私と二人きりでいるのが楽しいっておっしゃって。おめえはわしが守るとも。用心棒や子分に、私とすごす時間を邪魔されたくなかったようです。最近は、四五蔵一家とかいうところに押されっ放しで、このままじゃ縄張を取られてしまうって、愚痴をこぼしていました。気分がくさくさしていたようです。おゆうだけがわしを慰めてくれるって、いつもいってくれました」

おゆうが涙ぐんだ。富士太郎は懐紙《かいし》を取りだし、渡した。おゆうがそれで涙をふく。

「少しは落ち着いたかい」

「は、はい。すみませんでした。急にこみあげてしまって」

「それじゃあ続けるよ。その肩の傷はどうしたんだい」

おゆうがきっとした顔をあげた。憎々しげに告げる。

「男にやられたんです」

「押し入ってきた賊だね。どういうふうにやられたんだい」

おゆうがごくりと唾を飲んだ。

「昨晩、私の眠りが浅くなったときです。さっきも話したように、九つをすぎていた頃だと思います。そこの襖があき、誰かが入ってきたような物音がしたんです。旦那が厠《かわや》にでも行った帰りかと思い、気にしなかったんですけど、その次の瞬間、野郎って声が耳に飛びこんできたんです。私は驚いて飛び起きました。匕首《あいくち》らしい刃物を振りかざした男が、旦那の胸を思い切り突き刺しました」体がびくんとはねあがり、旦那はそのまま首をがくりと落としました。

おゆうが、昂ぶりを抑えるように胸に手を当てる。ふう、と息を深く吐いた。

「私は、なにするんだい、と男にむしゃぶりつこうとしました。でもその前に男が刃物を振りおろしたんです。私は避けられず、ここをやられてしまったんです」

おゆうが左肩にそっと手をやった。

「そのあとは」

「私は気を失ってしまったようです。気づいたら、そこの畳の上に倒れていました」

先ほど富士太郎が不思議に感じた血の跡を指さす。

「次に目を覚ましたのはいつだい」

「もう朝になっていました。雀《すずめ》の声で気づいたんです。そうしたら、旦那が死んでいて、私、あれが夢でなかったのを知りました。私、あわてて外に出て、助けを呼んだんです。でも誰も来てくれなかったので、自身番に走っていきました。そのとき、ようやく左の肩が痛いのにも気づきました」

辻褄《つじつま》は合っているようだ。ほかに聞き漏らしたことはないか、富士太郎は考えた。

「この家の戸締まりは」

悔しげに唇を嚙み、おゆうが首を振った。

「ほとんどしていません。旦那が、やくざの家に押し入ってくる度胸のある者なんかいねえって、いうものですから。戸締まりを許してくれませんでした」

もしそれが本当なら、豪気なのか、馬鹿なのか、よくわからない親分としかいいようがない。

「四五蔵一家以外に、旦那にうらみを持っている者に心当たりはないかい」

富士太郎は新たな問いを発した。おゆうが下を向いて考えはじめる。

「心当たりはありません。ここ最近、旦那がいっていたのは、四五蔵一家のことばかりでした」

やはり四五蔵一家の者がやったと考えるべきなのだろうか。だが、願之助一家は四五蔵一家に押されっ放しだったとおゆうはさっきいった。このままでは縄張を取られてしまうと。だとすれば、四五蔵一家の側に願之助を殺す必要はないのではないか。もちろん、思いこみや先走りはいけない。結論は、探索を終えてからくだすべきだ。富士太郎はとりあえずおゆうに礼をいい、下がってもらった。

まだ十八歳だというのに、おゆうはこれからどうするのか。この事件に関係ないのがはっきりしたら、別の男にまた妾奉公をするのだろうか。

福斎が検死を終え、立ちあがった。富士太郎は珠吉とともにそばに寄った。

「いかがです」

福斎がうなずいて話しだす。

「ご覧の通り、鋭利な刃物で胸を一突きです。凶器は、脇差や匕首などではないかと思います。傷に関しては、玄人《くろうと》のような感じがしますね。躊躇なく心の臓を貫いていますし、あばら骨に刃先が当たっていません。こういういい方はどうかと思いますが、まあ、見事なものですね」

だとすると、と富士太郎は思った。凶行に及んだのはおゆうではないということか。いくらなんでも、鋭利な刃物で心の臓を一突きというのは無理ではないか。

「殺されたのは何時頃ですか」

「死骸のかたまり具合からして、昨夜の四つから明け方の七つ半までのあいだではないでしょうか」

おゆうは、賊に襲われたのは九つをすぎていたといっていた。

「ほかになにか気づいたことはありますか」

「いえ、なにも」

「おゆうさんの傷はいかがです。自分で刺したようには見えませんでしたか」

福斎は虚を衝《つ》かれた顔になった。

「いえ、そういうふうには見えませんでしたが。なんなら、もう一度、診ましょうか」

「いえ、そこまではけっこうです」

ありがとうございました、といって富士太郎は福斎に引き取ってもらった。珠吉とともに外に出た。相変わらず、子分たちが騒いでいる。奉行所の中間や小者と小競《こぜ》り合《あ》いになっていた。どうやら十数人はいるようだ。ここに全員がそろっているのではないか。富士太郎は中間、小者に通してくれるようにいって、子分たちの前に立った。子分たちの目が、富士太郎と珠吉にいっせいに向いた。富士太郎は、目の前に並ぶ、人相がいいとはいえない男たちを眺め渡した。

「いちばんえらいのは誰だい。話をききたいんだけど」

「でしたら、あっしが」

長身で骨格ががっしりとした男が冷静な声でいって、前に出てきた。歳は四十くらいか。目が鋭く、頬がこけ、唇が薄い。仕事ができそうな雰囲気をたたえており、この小さな一家なら親分の次というのもうなずける。名をきくと、平治《へいじ》と申しやすといった。なかなか張りのあるよい声をしている。

富士太郎は平治を三間ほど先に口をあけている路地に連れていった。案の定、ほとんど人けがなく、話をきくのにちょうどよかった。

富士太郎は、願之助が刃物で心の臓を一突きにされて殺されたことをまず告げた。それから、願之助を殺したがっている者が四五蔵一家以外になかったか、平治にたずねた。

「なんらかのうらみを持つ者、男女のあいだでのもめ事、金銭面でのごたごたなど、心当たりがあれば、なんでもよいから話してくれるとありがたいね」

わかりやした、と平治が答え、口を引き結んで考えはじめた。

「四五蔵一家以外で、というのは、あっしには考えにくいですね。親分は豪気を飾っていましたけど、正直、気が小さくて、うらみを買うような真似ができるお方じゃありませんでしたよ」

「四五蔵一家のほかに、仲が悪くなっている一家はないのかい」

「もともと仲の悪いところばっかりですけど、命を狙われるほどのうらみ、つらみを抱いているようなところはないと思います」

「おまえさんはどうだい。願之助にうらみを抱いていたなんてことはないのかい」

平治が、顔を張られたように目を大きく見ひらいて富士太郎をにらみつけてきた。

「冗談じゃありません。あっしがどうして親分にうらみを持たなきゃいけないんですかい。小さな頃に拾われて、ここまで育ててもらったっていうのに。親分がいなきゃ、とっくに飢え死していましたよ」

「恩があるんだね」

「ええ、返しきれない恩が……」

急にこみあげてきたようで、平治が、ううっ、とうめいた。

「親分、本当に死んじまったんですかい」

「うん、そうだよ。さっきもいったけど、寝ているところを心の臓を一突きだよ。やくざ者は、こういう殺し方をするのかい」

目尻にたまった涙を指でぬぐって、平治が顔をあげた。気持ちを落ち着かせるように、大きく喉仏を上下させる。

「盛り場で酔っ払っているところを狙ったり、寝込みを襲ったり、いろいろありまさあ」

「願之助が警護の者をつけずにこの家ですごしていることを知っている者は、どのくらいいるものかな」

うーん、と平治がうなり声をあげた。

「一家の者はもちろんすべて知っています。四五蔵一家の者だけでなく、ほかの一家の者も知っていたかもしれません。親分のことをちょっと調べれば、わかってしまうでしょうから」

「願之助が警護をつけなくていい、といったらしいけど、本当かい」

「ええ、本当です」

「願之助は、おゆうさんとの時間を邪魔されたくなかったんだね」

平治が顔を険しいものにした。

「確かにそうだったのかもしれませんが、それは親分ではなく、むしろおゆう姐《ねえ》さんが望んだことではないかと思いますよ」

「おゆうさんが、子分や用心棒を置くなって願之助にいったというのかい」

「ええ、さようです」

平治が大きく顎を動かした。

「おゆう姐さんのほうが親分に、二人きりがいいって、甘えたときいていますよ」

「まちがいないかい」

「ええ、あっしは嘘はつきませんよ」

富士太郎は間を置いた。

「願之助の跡は誰が継ぐんだい」

「十歳の男の子がいますので、その子が」

「まだ十歳かい。たいへんだね」

平治がうなずく。

「まあ、なんとか、守り立てていこうと思っていますよ」

二

なんとも情けない。

湯瀬直之進ともあろう者が寝すごすとは。

空は白んできている。行く手に立ちはだかる箱根の山の上空が、わずかながらも白さをまといはじめていた。東の空に雲はなく、あと半刻もすれば、太陽が顔をのぞかせるだろう。清浄な大気は肌寒いが、足を急がせていることもあって、体中に汗がにじみ出てきている。直之進は手ぬぐいをつかって、首筋の汗をふいた。

空が白んできたということは、今がまさに明け六つである。四半刻ばかり前、直之進は沼里をあとにした。本当は七つ立ちをしたかったのだが、沼里まで馬で一気にやってきたためにさすがに体が疲れ切っており、寝すごしたのである。

八つ半すぎに欽吉が一度は起こしてくれたのだが、それからまた一刻ほどだらしなく眠ってしまった。そのあいだにも欽吉は二度、起こしに来てくれたらしいが、直之進にはまったく記憶がない。

はっ、と目を覚ましたときには、七つ半をまわっていた。それからあわてて旅支度をし、西条町の屋敷を出たのである。

沼里領の東端まで見送りに来てくれた欽吉は、寂しそうな瞳をしていた。いつ戻るかわからないあるじを待って、また一人の暮らしに戻るのだ。嫁をもらえばちがうのだろうが、欽吉は一度死に別れており、二度とあんな悲しい思いはしたくないと以前いっていたから、それもむずかしいかもしれない。

江戸への戻りである今回は、馬は使わない。徒歩とはくらべものにならない速さであるのはわかりきっているが、すりむけた尻が昨夜からひどく痛みはじめたのである。

欽吉によく効く膏薬《こうやく》を塗ってもらったおかげで痛みは若干引いたものの、今も馬に乗れるほどではない。鞍《くら》にまたがり、激しく揺られれば、またひどい痛みが襲ってくるだろう。乗馬の尻の痛みをなめてはならぬ、との戒めを直之進は耳にしたことがある。無理をして乗り続けていると、全身に熱が出て、寝こむことになりかねないというのだ。

　いま寝こむわけにはいかない。それならばと、馬よりもずっと時間はかかるが、歩いて江戸を目指すことにしたのである。

　それにしても、直之進は自分が腹立たしくてならない。頭を殴りつけたいくらいだ。昏睡する又太郎の姿を目の当たりにしたにもかかわらず、寝坊をするなど、まったくもって信じがたい。以前は、こんな体たらくは決してなかった。どんなに疲れていても、決めた刻限に必ず目覚めたものだ。

　江戸での暮らしは、遠慮も気兼ねも一切ない。そんな気ままさが、自分を堕落させているのか。

　だが、江戸で暮らしている者がすべて自堕落になるかというと、そんなことはない。多くの者がしっかりとした暮らしを営んでいる。要は気持ちの問題なのだろう。あまりに江戸での生活が自由すぎて、気がゆるみ、自分を律することを忘れているのである。

　今度こそしっかりしよう。これまでも同じことを何度も誓ったはずだが、まったく実行しようとしない。後まわしにしてしまう癖がついた。これでは人として駄目になる。もう一度、暮らしを立て直そうと直之進は心に決めた。今度こそは本気だ。

それに、なんとしても気持ちを入れ替えないと、大橋民部に課せられた務めも果たせないだろう。たやすいことではないのだ。おしずとこうきち、という二人を捜しださなければならない。

この二人について、昨夜、城内の別室で直之進は民部と話し合った。おしずは又太郎が江戸で遊び暮らしていたときの想い女で、こうきちはおしずとのあいだにできた子ではないか、ということで一致した。つまり、こうきちは又太郎の落としだねということになる。もし又太郎に万が一のことがあれば、こうきちが沼里を継ぐべき跡取りになる。

房興さまは聡明でよいお方ではあるが、罪人でしかない、と民部はいいきった。誠興さまのご血筋であらせられるのは文句なしだが、やはり殿の命を狙った一派に担がれたという事実は、どうすることもできぬ。房興さまを家督の座につけるのなら、他家から養子を取ったほうが、よほどすっきりする。

むろん、直之進としてはこの言葉を額面通りに受け取るわけにはいかなかった。筆頭国家老の民部は、家中での今の勢力を保たなければならないのだ。

もし房興が跡を継いだら、民部派は要職から一掃されるおそれが出てくる。

房興一派はすっかり家中から払いのけられているが、それでも房興に心を寄せる者は決して少なくないという。それらの者のなかには、家運を盛り返すことを望んでいる者も少なからずいるにちがいない。

こうきちという者が、果たして本当に又太郎の落としだねかどうかはわからない。だが、そうかもしれないというのに、放っておくことはできない。もし又太郎の息子であるなら、なんとしても捜しだす必要があった。

だからといって、正直、こんなに早く江戸に戻ることになるとは思っていなかった。だが、沼里にいても直之進にできることはない。又太郎のそばについていても、目を覚ましてくれることを祈るしかないのだ。

祈るだけなら、江戸でもできる。又太郎のことを忘れるなどできはしないが、直之進としては、おしず、こうきち捜しに没頭することで、あるじのことを少しだけ頭の隅に寄せておきたかった。

直之進はさらに足を急がせた。途中、見覚えのある神社の前を通りかかる。源頼朝、義経《よしつね》兄弟の対面石がある八幡神社である。この前、先祖の墓に婚姻を告げるために沼里に向かったとき、許嫁のおきくが対面石に目を輝かせていたことを思いだす。

今なにをしているのだろう。直之進の急な旅立ちに驚きを隠せずにいたが、父親の光右衛門《みつえもん》ともども、急ぎ行ってらっしゃいませ、といってくれたのだ。おきくも直之進に劣らず、又太郎を慕っている。あんなにいいお殿さまはいらっしゃいませんといっていた。本当は自分も直之進と一緒に駆けつけたかったはずだが、その思いは面にださなかった。直之進が馬で沼里へ行くということもあったが、自分がついてゆくことで、足手まといになるのをなにより怖れたからだろう。

直之進は、由来《ゆらい》のある神社の割にこぢんまりとした鳥居の前で立ちどまり、朝靄《あさもや》のなかにうっすらと見えている拝殿に向かって深々と一礼した。又太郎の快復を強く祈る。再び東を向き、歩を進めはじめた。

それから四半刻ほどで三島《みしま》宿に着いた。この町には伊豆一宮として知られる三島大社がある。源頼朝の信仰が厚かった神社である。境内には、源頼朝と妻の北条政子《ほうじょうまさこ》が腰かけたという石が残っている。この伝説も先ほどの八幡神社と同様、果たして本当のものなのか、直之進には判断がつかない。

直之進は街道脇に立つ大鳥居の下で、神殿に向けて腰を折った。又太郎を元通りに治してくれるように願う。おしずとこうきち捜しがうまくいくことも祈った。目を閉じ、こうべを垂れてしばらくじっとしていたが、すっと腰を伸ばした直之進は、振り分け荷物を担ぎ直して早足に歩きだした。

　もう日は目より高い位置にあり、鳥たちは三島宿の家々のあいだをかしましく飛びまわっている。東海道は大勢の旅人で一杯になっていた。土産話にでもするのか、それとも信仰心からなのか、三島大社の大鳥居をくぐってゆく者があとを絶たない。

　三島宿が途切れると、長々と続く松並木があらわれる。三人の大人が手を伸ばしても、まわしきれないほどの幹を誇る大木ばかりである。立派な枝に陽射しがさえぎられて道は暗いが、ほっとする涼しさに満ちている。東海道はのぼりはじめており、これから箱根に向かってだらだらとした坂が続くのだが、松並木のなかは心地よいばかりだ。足早に歩いていても、汗がほとんど出てこない。

　いつしか腹が減っている。昨夜、欽吉がつくってくれたものを朝餉として腹に詰めこんできたが、もう空腹を覚えはじめていた。歩くというのは、体をとても使うものなのだということが実感される。

　欽吉の心がこもった握り飯が三つ、手ぬぐいに包みこんで腰に結わえてある。

　松並木の途中に一里塚《いちりづか》があった。ここだけは風の通りがよく、眺めもまずまずだ。三島から伊豆にかけて広がる平野が望める。豊かそうな村々が点々と見えている。

一里塚のそばの石に腰をおろし、直之進は手ぬぐいをひらいた。竹の皮に包まれた鞠《まり》のように大きな握り飯はよく塩がきいており、体にしみ渡るうまさだった。

そういえば、と直之進は思いだした。以前、おきくがつくってくれた握り飯も美味だった。一緒になれば、いつでも食べられよう。会いたい気持ちが募ってくる。

直之進は食事を終えた。握り飯は一つだけ食べ、残りの二つは包み直した。腹が減ったら、またそのときに食べればよい。時季が冬だけに、そうそう腐らないのがありがたい。

今はとにかく、と直之進は思った。道を急ぐべきときだ。一刻も早く江戸に着かなければならない。今の自分にできるのは、それしかなかった。

三

荒い息が耳を打つ。

「きついか」

福辻峰乃介は振り返り、すぐうしろにいる海老川貴市に言葉を投げた。貴市がつくったような笑みを浮かべ、かぶりを振る。

「いえ、そのようなことはありません」

峰乃介は微笑した。前を向く。緑の洞窟ができている。出口はまったく見えない。

「無理せずともよい。昨日沼里に戻ってきたばかりなのに、また河津に旅立つというのがきつくないわけがない」

「それがしは、まだ十分に若《わこ》うございます。一晩たっぷりと睡眠をとり、疲れも取れました。きつさなどあるはずがありませぬ、といいたいところですが、やはり今日は特に足が重く感じられてなりませぬ」

「そうであろう。人というのは、二十五をすぎると弱ってくるものらしく、それまでふつうにできていたことが急にできなくなったりするものだ。人生五十年、折り返しということで、やはりいろいろと変わってくる節目なのであろうな」

「それにしても、福辻さまはご健脚ですね」

貴市があからさまにぜいぜいと荒い呼吸を繰り返しつつ、ほめる。

「健脚であるはずがない。ふだんろくに他出もせず、本ばかり読んでいる身だからな。歳を取ると、体に楽な歩き方を自然に覚えるものだ。はた目には健脚に見えるかもしれぬが、実際にはかなりきつい」

峰乃介は大きく息を吐きだした。もしここに三人の若者のなかで唯一、十代の酒川唯兵衛がいれば、おそらく足の運びは実に軽やかなはずだ。息も荒くなっておらず、赤い顔もしていないだろう。酒川唯兵衛と多川潤之助の二人は、江戸に向かった。伊豆への道行きには加わっていない。

「福辻さま、教えていただきたいことがあるのですが」

貴市が手ぬぐいで汗をふいてきく。

「なにかな」

峰乃介は少しだけ顔を向けた。

「先日、福辻さまは、殿のご容体に関して、八分二分とおっしゃいました。覚えていらっしゃいますか」

「もちろんだ」

「福辻さまは、どうして、あそこまで詳しくおわかりになったのでございますか」

「わからぬか、貴市」

いわれて、貴市がわずかに視線を落とす。すぐによく光る目をあげた。

「もしや御典医に親しくされているお方がいらっしゃるのでは」

「親しくしているわけではない。ただ、向こうがわしに恩義を感じているだけだ」

「恩義……。あの、それはどなたでございますか」

貴市たちには教えてもかまわぬだろう、と峰乃介は思った。御典医筆頭とは、他者に知られて困るようなつながりはない。

「応円どのだ」

貴市が目をみはる。それでも冷静な声で問いを放つ。

「応円さまは、どういう手立てをもって、殿の詳しいご様子を福辻さまにお知らせしているのでございますか」

応円はいまも又太郎につきっきりで、そばを離れることはない。それでも、厠に立つことはある。そのとき厠内で手早く文を書き、常に付け届けなどを欠かすことなくかわいがっている城中の茶坊主に、その文を託すのである。文を受け取った茶坊主はすぐさま使者を福辻家に走らせる。ほんの一刻も経ずして、峰乃介のもとに応円の文が届く仕組みになっている。峰乃介はそのことを告げた。

「ほう、そういうことにございますか。これまでに何度、応円さまの小者がやってきたのでございますか」

貴市がなおもきく。

「二度よ」

「先ほど、恩義を感じているとおっしゃいましたが、福辻さまと応円さまとのあいだには、どのようなことがあったのでございますか」

「たいしたことがあったわけではない」

緑深い山道がまだまだ続いている。道がわずかに平坦になり、足が少しだけ楽になった。

「まだ家督を継いでおらず、わしがまだ跡継の身分のときだ。十五年ばかり前のことだな。応円どのは家中の士の病を立て続けに治すなど名医としての地位を揺るぎないものにし、その実力を認められて町医者から御典医に取り立てられ、すでに数年たっていた。そんなある日、名医としての腕を見こまれて、とあるご重臣の病の手当に屋敷に出向いた」

その重臣のかかっていた病は肝の臓のもので、顔色はどす黒く、目は黄色く濁り、すでに起きあがるのすらむずかしくなっていた。応円は一目でもはや手遅れであると知ったが、それでも力の限りを尽くした。だが、その手当の最中に容体が急変し、重臣はあっけなく死んでしまった。枕元にいた重臣の長男がそれを見て激高し、立ちあがった。抜き身を振りかざし、きさま、父上を殺したな、と叫んだ。今にも刀を振りおろしそうだった。

「応円どのに斬りかかろうとしたのを、ちょうどその重臣の見舞いに来ていたわしがあいだに入って、なんとか押しとどめることができたのだ。応円どのは命拾いをしたと思われてな、それ以降、わしに厚意を持って接してくれるようになった」

「ほう、そのようなことがあったのでございますか」

貴市が興味の色を瞳に浮かべてきく。

「刀を抜かれた重臣の長男は、どうなったのでございましょう」

「別段、お咎《とが》めはなかった。表沙汰にはならなかったゆえ」

「あの、刀を抜かれたのは、どなたでございますか」

思い切ったように問うてきた。

「夏井与兵衛《なついよへえ》どのだ」

ためらいなく峰乃介は答えた。

「えっ、三年前、闇討ちに遭って殺された末席家老の夏井さまでございますか」

貴市が驚きをあらわにたずねる。意外な人物の名が出てきたことに、呆けたように口をあけた。

三年前、家老の末席に名を連ねていた夏井与兵衛は、家臣の古田左近《ふるたさこん》と使番の藤村円四郎《ふじむらえんしろう》とともに斬り殺された。左近と円四郎は、命の危険を覚っていた与兵衛の警護をしていた。当時の中老で家中きっての実力者だった宮田彦兵衛《みやたひこべえ》の依頼で、江戸の殺し屋倉田佐之助《くらたさのすけ》という者が与兵衛たちを闇討ちしたことを峰乃介は知っているが、詳しい事情をここで語る気はない。彦兵衛は、自分の一派を見限って抜けようとした与兵衛のことが許せず、殺したにすぎないのだ。その彦兵衛も又太郎の命を狙うなどの罪が明らかになって斬罪になり、とうにこの世にない。

「中老だった宮田彦兵衛さまの使嗾《しそう》によって夏井さまは殺されたという噂がありますが、まことのことでございましょうか」

貴市がたずねる。またも坂になった。一気に足が重くなる。太もものあたりが悲鳴をあげた。ふう、と息を入れ直して峰乃介は貴市に小さく首を振ってみせた。

「さて、どうかな」

貴市が間髪容《い》れず言葉を発する。

「夏井さまは、剣客としてかなりの腕だったという話もきいております。福辻さまは、夏井さまの前に立ちはだかったとき、怖くはなかったのでございますか」

「怖かった」

峰乃介は正直に吐露《とろ》した。

「こいつは死ぬな、俺の人生はここまでか、と正直、覚悟した。だが、夏井どのはわしの懇願に我に返ってくださってな、なんとか命を長らえることができた」

あの、と少しいいにくそうに貴市がいう。

「その後、夏井さまは若くして中老から家老になられました。もし応円さまを斬っていたら、内密に済ませるなどできるはずもなく、その後の出世はまずなかったでしょう。お話をきく限り、応円さまを斬り殺そうとしたのが外に漏れずに済んだのは、福辻さまの計らいだったという気がいたします。そのようなことがあったにもかかわらず、夏井さまは目をかけてはくださらなかったのですか」

前を向いたまま峰乃介は苦笑した。

「本音をいえば、わしにも期待があった。夏井さまのお父上の見舞いにわしがしきりに訪れていたのも、ご出世まちがいなしの夏井さまの覚えがめでたくなるようにとの望みがあったからだ。わしは福辻家をもう一度、日の当たる場所に持っていきたかった。貴市がいうように、わしは応円どののことで夏井さまに恩を売ったと思っていた。そして、その恩はいずれ返されると信じていた。だが、夏井さまはわしに刀を一振りくださっただけで、それきりお声をかけてはくださらなかった」

それが、峰乃介の大の気に入りである摂津守包国だ。

「夏井さまは、ずいぶんと冷たかったのですね」

貴市が我がことのごとく不満そうにいう。

「夏井さまには、わしが煙たかったのかもしれぬ。夏井さまの前に立ちはだかり、命を賭して医者を守った男だ。仮に傘下に迎え入れても、いずれ逆らうのではないかとの危惧がぬぐい去れなかったのだろう」

「それにしても、どうして福辻さまに刀を差しあげたのでしょう」

「それは今もって謎よ」

さらにきつくなった坂を、峰乃介は踏み締めるようにしてのぼってゆく。

「わしがいただいた刀は、夏井さまが応円どのを斬ろうとした刀だった。あるいは、夏井さまは忘れたかったのかもしれぬ。父の死に動転して頭に血をのぼらせ、刀を抜いたなど、いずれ家老になろうとする者にふさわしい所行ではなく、恥ずべきことでしかない。刀を持っていると、どうしてもそのことを思いだしてしまうゆえ、わしにやってしまうのが得策だと考えたのかもしれぬ」

四

がくりと肩を落とした。

信じられない。新鮮な金目鯛《きんめだい》が手に入ったので、また飯嶋屋にやってきたのだが、まさかこんなことを目の当たりにしようとは、房興は夢にも思わなかった。

仁埜丞になんと言葉をかければよいものか。まぶたを押しひらくように、涙がじわっとあふれ出てきた。それをぬぐう気になれない。膝の上でかたく握り締めた拳に、ぽたりぽたりと落ちてゆく。

目をぎゅっと強く閉じてから、房興は顔をあげた。白い布が目に入る。それで顔が隠されており、香苗がどんな表情をしているのか、房興には見えない。枕頭《ちんとう》には線香が立てられ、細い煙があがっている。狭い部屋に線香のにおいが満ち、けぶっていた。

枕元で正座している仁埜丞は口を引き結んで、悲しみをこらえる顔だ。

「川藤どの」

わずかに膝行《しっこう》して房興は声をかけた。語尾が震える。

「わしの薬が悪かったのではないのか。香苗どのはわしの薬が合わず、容体があらたまったのではないか」

はっとしたように仁埜丞が房興を見つめる。房興がなにをいったか、じっくりと噛み締める風情である。

「そのようなことはございませぬ。房興さまがくださった薬で、香苗が死んだなどということは決してございませぬ」

「川藤どのは、わしの薬を香苗どのにのませたのであろう」

「ええ、のませました」

「やはり薬が合わなかったのではないか」

「ちがいます。香苗は寿命だったのです。もともと体が弱く、血の道の病はすでに不治のものだったのです。いずれはかなくなってしまうことは、わかっていたのです。それが今日という日だったのです」

「わしの薬が寿命を早めたのではないか」

「ちがいます」

先ほどより強い口調で否定した。

「繰り返しますが、房興さまの薬は関係ありませぬ。香苗は今日、死ぬことが運命づけられていたのです。それ以外のなにものでもありませぬ。それがしは医者から告げられており、香苗が長くないのを知っておりました。香苗は、一度でよいから温泉というものに入りたいと以前よりいっていました。それがしも、いつか湯治に連れていってやりたいとずっと考えていました。その夢がこうしてかないました。しかし、最近では、香苗は温泉に入れないところまで病が進み、ひどく体は弱っていました。房興さま、まこと香苗は寿命だったのです。短い一生でしたが、香苗はとても幸せだったと思います。知り合ったばかりというのに、房興さまには親切にしていただきました。しかも、涙をお流しになって香苗の死を悼《いた》まれました。香苗はそれがし以上に感謝していると思います」

わしはなにもしておらぬ、と房興は思ったが、口にだしはしなかった。自分の薬が関係ないにしても、親しくしていた人の死はこたえる。

「葬儀は」

そんな言葉が口をついて出た。

「こちらで行うつもりでおります。まだどこで行うか、決めてはおりませぬが」

「川藤どの、つかぬことをきくが、香苗どのはこの河津を気に入っておられたか」

「もちろんでございます。とても人情に厚く、逗留《とうりゅう》していて居心地のよいところであると常々いっておりました」

「ならば川藤どの、我が寺で葬儀を行われてはいかがか」

「庵平寺でございますか」

うむ、と房興は深くうなずいた。

「我が寺からは河津が一望できる。香苗どのも満足してくれると思うのだが。あまりに押しつけがましすぎようか」

「いえ、そのようなことはございませぬ。この地にやってきておよそ二月《ふたつき》になろうとしておりますが、いまだに不案内にございます。むしろありがたいお話にございます」

飯嶋屋の者が棺桶《かんおけ》を手配してくれた。棺桶はすぐさま仁埜丞のもとに届けられた。病身の者や年寄りが多いこともあって、宿ではかなくなる者はあとを絶たないようで、このあたりの手際はあきれるほどよかった。

参列する者は房興たち以外になかった。

庵平寺の住職の読経《どきょう》が終わると、香苗の遺骸の入った棺桶は墓地に葬られた。遺髪《いはつ》を袱紗《ふくさ》に大事に収めた仁埜丞は悲しみに満ちた顔をしていたが、涙をこぼすようなことはなかった。それでも、いつまでもその場を立ち去りがたい風情だった。

日がだいぶ陰り、冷たい風も吹いてきた。

「川藤どの、無理をすることはないのではないか」

「無理とは」

生気のない顔をあげて仁埜丞がたずねる。

「悲しいのなら、声をあげて泣かれたほうがよい」

仁埜丞がうつむく。表情に戸惑いが見える。

「それがしは、決して無理をしているわけではございませぬ。本当のところは泣きたいのでございますが、どうしてか涙が出ぬのでございます。これはいったいどうしたことなのか」

「川藤どの、汚いところだが、わしの住まいに来ぬか。香苗どのを偲《しの》んで一献《いっこん》傾けよう」

房興は、仁埜丞とともに寺の離れに向かった。途中、寺男の岩造に頼み、般若湯《はんにゃとう》を持ってきてくれるように頼んだ。岩造は、すぐにお持ちいたします、と神妙な顔で答えた。

離れには部屋が二つあるが、房興は一つを客間として使っていた。客などまったくないが、心得としてそうすべきだと考えており、私用の調度や品物は一つも置いていない。

「きれいにございますね」

腰をおろした仁埜丞が静かにいう。

「掃除は、もしや房興さまがなさるので」

「そうだ。たまに先ほどの岩造がしてくれるが、わしが箒《ほうき》やはたきをかけ、雑巾《ぞうきん》を使っておる」

「感心にございます」

「わしは流人ゆえ、なんでも自分でやらねばならぬからな」

「立派なお心がけにございます」

仁埜丞がほめてくれたとき、岩造が大徳利《おおどっくり》と二つの湯飲みを持ってきた。つまみはたくあんと豆腐である。

「たいしたものがなくて、申しわけありません」

「とんでもない。これだけあれば、酒は十分おいしく飲める」

房興はありがたく受け取った。

「ごゆっくりどうぞ」

一礼して岩造が去ってゆく。

「お誘いせずともよかったのですか」

目で見送った仁埜丞が気にしていう。

「岩造は下戸《げこ》ゆえ、案ずる必要はない」

さようでしたか、と仁埜丞が安堵の息をつく。

「さっそくいただこう」

房興は仁埜丞に湯飲みを持たせ、大徳利を手にした。ふと気づいてきく。

「そなたはいけるロかな」

「滅多に口にいたしませぬが、好きでございます」

「強いのか」

「いえ、この湯飲みでしたら、二杯も飲めば眠くなってしまいます」

「そうか。それならば、わしとさしたるちがいはないな。わしも一杯ほどしか飲めぬ」

「まだお若いですから。これから修業をお積みになれば、いくらでも飲めるようになりましょう」

「ふむ、酒とはそういうものなのだな。沼里にいるとき、わしは一度も飲んだことがなかった。この地に来て、つき合いのできた土地の者や百姓衆が初めて飲ませてくれた。最初はなんとまずいものかと思ったが、最近ではうまさも感じられるようになった。少しは強くなった証《あかし》ではないかな」

「さようにございましょう」

房興は大徳利を傾け、仁埜丞の湯飲みに酒を注いだ。仁埜丞が右手一本で注ぎ返す。二人は、香苗のために献杯《けんぱい》した。房興は湯飲みに口をつけ、酒をちびりと喉にくぐらせた。仁埜丞も同じような飲み方をした。

「うむ、きくのう」

「これはまたおいしいお酒にございますね」

「ここの地《じ》の酒らしいな」

「こくがあって甘みが強うございます。やさしい味で、土地の人が醸《かも》したのがよくわかるお酒にございますな」

房興はにこりとした。

「蔵人《くらんど》がその言葉をきいたら、さぞ喜ぼう」

房興はまた少しだけ酒を喫した。

「川藤どの、一つきいてもよいか」

「なんなりと」

仁埜丞が右手で湯飲みを畳に置き、房興を見つめる。

「飲みながらきいてくれ。ききたいのは、香苗どののとのなれそめだ」

「ああ、そういうことでございましたか」

仁埜丞が湯飲みを手にし、酒で唇をそっと湿らせた。

「房興さまは、香苗に身寄りがないのではないか、と思われたのでございますね」

「うむ。香苗どのの遺髪はともかく、遺骸を江戸に運ぶこともできぬゆえ、このような貧乏寺とはいえ、ここに葬るしかなかったのも理解できるが、川藤どのが誰かに文を書いたような形跡も感じられず、少し不思議に思えたのでな」

「それがしも香苗も天涯孤独も同然の身にございます」

房興は黙って、仁埜丞が続けるのを待った。仁埜丞が酒をひとすすりする。

「それがしの両親は、二人とも鬼籍《きせき》に入っております。それは、それがしが尾張徳川家を致仕する前の出来事にございます。それがしには兄弟がおりませぬ。親戚縁戚ともつき合いはまったくございませぬ。それゆえ、それがしは天涯孤独の身でございます」

「川藤家は跡を継ぐ者はないのか」

「はい、ご先祖にはまことに申しわけないのですが、それがしの代で終わりということになります」

「もったいないな」

房興は、この者を召し抱えられたら、と思ったが、流人の身ではどうしようもない。十石という捨て扶持が与えられてはいるのだが、それは世話料としてこの寺へすべて入るように房興は手配りしている。今さら、その仕組みを変えるわけにはいかない。

「香苗どのの家は」

「商家にございました」

ほう、と房興は嘆声を放った。意外だった。どこから見ても、武家に生まれ、育った者としか見えなかった。

「存外にございましたか。あのおなごは常に武家らしくあろうとしていました。房興さまのお目にもさように映ったのであれば、本望にございましょう。香苗の実家は油問屋でございました。なかなかの大店《おおだな》で、奉公人を三十人から使っておりました」

「だが川藤どのは、香苗どのも天涯孤独の身だといわれた」

「はい、大火で一家の者すべてが逃げ遅れ、焼け死んでしまいました」

「それはまた痛ましい出来事よな。いつのことかな」

「五年ばかり前のことにございます。それよりもずっと前に香苗はそれがしの妻となり、尾張徳川家の上屋敷にて暮らしておりましたゆえ、一人難を逃れました」

「ふむ、一人無事か。それはさぞつらかったであろうな」

「香苗は毎日、泣き暮らしておりました。それがしもなんと慰めればよいのかわからず、ひたすらときが経つのを待つしかないありさまでございました」

仁埜丞が少し間を置いた。問わず語りに続ける。

「香苗はつてを得て、我が主家の上屋敷に奉公をしていました。体は弱かったのですが、幼い頃から武家屋敷に奉公したいという気持ちが強く、その夢をかなえたようなのです。たくさんの女御衆のなかで、どうしてかそれがしの目につき、ああ、きれいな娘がやってきたのだな、と思いましたが、ほとんど口をきく機会はなかったのです。それがある秋の日、香苗が裏の庭の柿の実を取ろうと苦労しているところにたまさか出くわしたのです。どうも奥方に近いお方に柿の実を取ってくるようにいわれたようなのです。それがしは見るに見かねて、棹を使っていくつか落としてやったのです。そのとき初めて香苗とは口をきいたのですが、素直でやさしい気性の持ち主であるのが知れ、それがし、惚れてしまったのでございます」

「ほほう、一目惚れというやつだな」

「さようでございます。それがし、すぐさま上司に香苗のことを話しました。上司は驚きあきれましたが、以前より早く身をかためるよう口を酸っぱくしていっていましたので、快諾して縁談を進めてくれたのです」

「その上司というのはもしや」

「はい。それがしが投げ飛ばした上司にございます」

「ふむ、酒が入っていなければやさしいというのは、まことのことであったか」

「はい、それがしは嘘はつきませぬ」

「それで、縁談は順調に進んだのか」

「それがしの日頃の行いがよかったせいか、はっ、おかげさまにて」

「ふむ、よかったの」

そのときの仁埜丞の喜びが心の底から伝わり、房興も自然に頬がゆるんだ。

「心根のやさしい嫁でございました。一度こんなことがございました。香苗が買物に出たとき、大八車に轢《ひ》かれてしまった子犬がいたそうにございます。まだかろうじて生きてはおりましたが、はらわたがはみ出て、すぐにも死んでしまいそうだった由にございます。その犬を香苗は抱きあげ、近くの草原《くさはら》に立つ大木の根元に埋めてやったそうにございます。帰ってきた香苗はそのことを訥々《とつとつ》とそれがしに話してくれました。話しているうちに悲しみがよみがえり、涙をこぼしはじめました。きいているそれがしももらい泣きをしてしまい……」

仁埜丞の言葉が途切れた。房興が見ると、背筋を伸ばした姿勢のまま唇を嚙み締め、じっと目を閉じている。うつむいた仁埜丞の目から涙があふれ出てきた。次から次へとまぶたを押し破って、とどまることがない。顔だけでなく、あっという間に着物も濡らした。

房興は、涙が頰を垂れてゆくのに気づいた。立ちあがって仁埜丞に近づき、いっそうやせたように見える肩にそっと手を置いた。

「も、もったいない。房興さま、それがしのような者に」

「いや、なにも言わずともよい」

涙で震える体から、驚くような熱が発せられている。ぬくもりを超えていた。愛しい人を失うと、人というのは考えられない熱をだすものなのか。それとも、単に仁埜丞が熱い体温の持ち主なのか。よくわからなかったが、こうしていると、気持ちが徐々に落ち着くのがわかった。房興は涙がようやくとまったのを知った。仁埜丞からも嗚咽の声は漏れていない。

「気分は」

「はい、存分に泣いたためか、すっきりしております。むろん、まだ香苗を失った悲しみはいえませぬが、葬儀のときとはだいぶちがいます。それに、房興さまのお手は温かく、心地よかった」

「さようか」

房興はそっと離れた。

「房興さま」

仁埜丞が呼びかけ、いきなり平伏したから、房興はひどく驚いた。

「もしそれがしの命が必要なときは、いつでもお使いください」

「川藤どの、いったいなにをいうておる」

「いえ、それがし、房興さまのお人柄に心を打たれ、心より敬服いたしております。房興さまのためなら、どんなことでも喜んでつかまつります」

「気持ちはうれしいが、そなたがわしのために働くようなときは、まずくるまいよ。何度も申しているが、わしは流人よ。本音をいえば、わしもそなたを家臣の列に加えたいが、そういうわけにもまいらぬ。世の中、なかなかむずかしいものよ。川藤どの、面をあげられよ」

仁埜丞がその言葉にしたがい、わずかに顔をあげる。

「房興さまほどのお方が、世に出られぬわけがございませぬ。いつかそういうときが必ずまいりましょう。そのときにはそれがしを存分にお使いください」

房興はほほえんだ。

「うむ、こういうとき気持ちだけ受け取っておくというが、わしはそのようなことをいうつもりはない。そのときがきたら、川藤どのに必ず役に立ってもらうことにしよう」

仁埜丞もかすかにほほえんだ。

外から人の足音がきこえてきた。

「房興さま」

腰高障子越しに呼びかけてきたのは、寺男の岩造である。

「客人にございます」

房興は腰高障子をあけた。すっかり日は暮れており、近くの灯籠《とうろう》に入れられた明かりのつくる光輪のなかに、岩造が立っていた。

「どなたかな」

岩造にきいたものの、脳裏には若い三人組の顔が映りこんでいる。

「福辻さまとおっしゃっています」

「ふむ、峰乃介か」

用件はわかっているだけにあまり会いたくはないが、すげなく帰すのもかわいそうだ。なにしろわざわざ沼里からやってきたのだから。

「庫裏の客間を貸してもらえるか」

「はい、和尚さまはかまわないものと」

「では、そちらに通してくれ」

「承知いたしました」

岩造が光輪の外へと出てゆく。

気配を感じて房興が振り返ると、仁埜丞が立ちあがっていた。

「では房興さま、それがしはこれでおいとまいたします」

「すまなかった。わしとしてはもっとゆっくりと語り合いたかったのだが」

「いえ、お気遣いなく。房興さまのお気持ちは十二分にいただきました」

「川藤どの、また飲もう」

いってから、仁埜丞がもうこの地にいる必要がないことを房興は思い起こしていた。

「それがし、しばらくのあいだはまだここに逗留するつもりでおります。お呼びくだされば、いつでもまいります」

「そうか。それはうれしいな。川藤どの、腹は空いておらぬか」

「いえ、あまり」

「ふむ、そうか。もし腹が減ったら、うまい魚を食わせる店がある。そこに行けばよい。酒も飲ませてくれる」

房興は道順を教えた。

「せっかくの房興さまのお薦めですから、さっそく今宵にでも行ってみることにいたしましょう」

仁埜丞が表情を引き締めた。

「房興さま、一つお願いがございます」

「なにかな」

「それがしのことは、川藤か仁埜丞と呼び捨てにしていただけませぬか」

「よいのか」

「はい」

「承知した。では、次からは仁埜丞と呼ぶことにしよう」

「よろしくお願いいたします。それから、それがしは房興さまのことを、殿とお呼びいたします」

「そなたに、扶持《ふち》も給しておらぬというのにか」

「扶持などいりませぬ」

「わかった。好きなようにしてよい」

「では、殿、これにて失礼つかまつります」

仁埜丞が沓脱ぎで雪駄を履く。

「気をつけて帰ってくれ。提灯を貸そう」

房興は廊下に置いてある提灯に手際よく火を入れて、渡した。

「お借りいたします」

深く礼をいって仁埜丞が帰ってゆく。房興は提灯の明かりが山門の向こうに消えるのを待ってから庫裏に向かった。

五

気持ちが沈んでいる。

福辻峰乃介の足取りは重い。提灯を手に前を行く海老川貴市も無口になっている。

庫裏の客間で峰乃介は言葉を尽くしたが、房興の気持ちは変わらなかった。沼里のあるじになるつもりは一切ないと告げられた。今はただ兄上の本復をお祈りしている、ともいった。

房興に勧められたものの、今宵は庵平寺に泊まる気にならず、峰乃介と貴市の二人は河津に降りてきた。これからでも投宿できる旅籠《はたご》はいくらでもあるはずだ。

明かりが少なく、夜の底に沈んでいるような湯治場に出ると、もやっとした大気が体を包みこんだ。至るところから湯が湧いているのである。

湯に浸かり、疲れた体を癒したかった。そうすれば、きっと気持ちも盛り返せるだろう。峰乃介は明日もう一度、庵平寺に赴くつもりでいる。房興をなんとしても説得しなければならない。

もう六つ半をすぎているというのに、提灯を手に湯煙《ゆけむり》の中を行きかう者は多い。不意に峰乃介の腹の虫が鳴いた。峰乃介は前を行く背中に視線を当てた。

「腹が空かぬか」

ほっとしたように貴市が振り向く。

「もうぺこぺこでございます」

「ならば、どこかで腹ごしらえをするか。今から宿に入っても、飯はないかもしれぬ」

「是非ともお願いしたい気持ちでございます」

「貴市、なにがよい」

「口に入るものなら、なんでも。ですが、果たして食べさせてくれるところがあるでしょうか。もうほとんどの店が明かりを落としています」

「それでも、煮売り酒屋くらいあるのではないか。人通りもけっこうある。食い物がなくとも、せめて酒で腹を温めたいな」

峰乃介はあたりに視線を走らせた。貴市が一瞬早く指をさした。

「あそこはいかがです」

右手の路地を入って十間ばかり行ったところに、薄汚れてすり切れそうな赤提灯が下げられていた。醬油《しょうゆ》で煮染《にし》めたような色をしている暖簾が、風に揺れている。

ほかに店はなさそうに思え、二人は重い足を引きずって向かった。

店には先客が一人いた。厨房に近い小上がりに座りこんでいる男で、浪人のようだ。店主らしい親父となにか話している。

「なにか飯を食べさせてもらえまいか」

ややに奥に位置する小上がりに座りこんだ峰乃介は、親父にたずねた。酒の飲みすぎなのか赤ら顔をしているが、親父が人のよさそうな目を向けてきた。

「ええ、大丈夫ですよ。お侍、好き嫌いはございますかい」

「いや、なにもない」

向かいで貴市もうなずいている。

「酒も冷やでよいから、少しもらえるか」

「ええ、ここには売るほどありますから。食べ物のほうは、あっしにおまかせください。うまい魚を食べていただきますからね」

「それは楽しみだ」

浪人は酒を飲んでいる。ちろりと大きめの猪口《ちょこ》が置かれた膳を前にしていた。つまみや肴《さかな》の類はないようだ。

「それにしても、房興さまは頑固でいらっしゃいますね」

貴市が声をひそめていった。ぴくりと浪人の体が動いたように見えた。だが、浪人は別にこちらを向くわけでもない。ちろりを傾け、苦そうに酒を飲んだ。

「だが、わしはあきらめたわけではないぞ」

「はい、明日も行かれるのですね。説得に応じてくだされればよいのですが」

「応じてくれると信じている。今でこそ断っておられるが、あれは本心ではあるまい。大名の座につきたくない者がこの世にいるはずがない。きっと明日は説得できよう」

「そうなることを、それがしも信じております」

貴市が顔を寄せてきた。

「それにしても、殿の落としだねの話には驚きました。それも、応円さまが伝えてきたことでございますね」

「そうだ。わしも驚いた。まさか殿にご落胤《らくいん》がいらっしゃるとは」

「酒川と多川の二人は、果たして見つけだせましょうか」

「二人とも江戸での土地鑑がないゆえ、心許《こころもと》ないむきもあるが、今のところは仕方あるまい。湯瀬直之進から離れずにいれば、きっと落としだねのところに連れていってくれるに相違あるまい。おぬしも明日、江戸に向かって発て。二人の手伝いをせよ」

「承知いたしました。もし落としだねを見つけたら、どうすればよろしいのですか」

峰乃介は厳しい目を貴市に向けた。

「よいか、ご落胤が大橋民部の手に落ちれば、房興さまの目が消えてしまうのだ。貴市、手段は選ばぬ、なんとしても我らが手で——」

貴市が腹に力をこめた。

「承知いたしました。おまかせください」

ちろりの酒が終わったのか、浪人が腰をあげた。代を支払う。ありがとうございました、とあるじが威勢のいい声をあげる。むずかしい顔をした浪人は、暖簾を外に払って店を出ていった。

峰乃介はなんとなくその浪人の様子が気にかかったが、お待たせしましたという威勢のいい声が耳に飛びこみ、同時に甘い醤油のにおいが鼻先をくすぐったのを感じた。

見ると、鉢のような形をした大皿を二つ手にした親父が近づいてきたところだった。大皿には金目鯛の煮つけがのっており、峰乃介はその豪華さに目を奪われた。先ほどの浪人のことは、一瞬で頭から消えた。

第三章

一

鳥たちのさえずりに朝がきたことを知り、とうに目を覚ましていた富士太郎だったが、起きるのには少し早いような気がして、まだ寝床に横になっていた。

おゆうが怪しい。

富士太郎は今のところ、やくざの親分である願之助殺しの犯人として、おゆうのことしか考えられずにいる。

願之助が、子分や用心棒の警護もなしに妾宅に泊まりこむようになったのは、おゆうが、旦那と二人きりがいいといったからだと、願之助の片腕の平治という男が告げた。

もしこれが真実なら、願之助はおゆうの言葉にしたがった結果、刃物で心の臓を一突きにされたことになる。

おゆうは、外から押し入ってきた男に願之助が刺し殺されたといった。おゆう自身も左肩に重い傷を負っていたが、これも賊にやられたと説明した。

だが、傷というのは自分でもつけられる。重い傷になったのは、狂言であるのを見破られたくなかったためか、あるいは、弾みで考えていた以上の傷をつけてしまったとも考えられる。

ただし、おゆうが願之助殺しの犯人であると考えた場合、妙なのは、願之助の胸を一突きにした傷が鮮やかすぎるという点である。

検死医師の福斎に傷の鮮やかさを指摘され、富士太郎もあらためて願之助の胸に目を向けてみたが、傷には一瞬の躊躇すらも感じられない鋭さとなめらかさがあった。さすがに、まだ十八歳の女にやれる所行ではないように思えた。

殺しに慣れた玄人でも、よほどの手練《てだれ》でないとここまではできないだろうね、と思ったものだ。珠吉も、こいつはそうそうお目にかかれない傷ですよ、と目に驚きの色を浮かべて嘆声を漏らしたほどである。

もしおゆうが願之助殺しの犯人でないなら、犯人の手引きをしたというのが最も考えやすい。

だが、と富士太郎は思う。もともと用心棒も子分もおらず、その上、戸締まりもろくにされていない家に入るのに、手引きなど必要なのか。

それでも、願之助がぐっすりと眠っていることをおゆうが伝えれば、仕事は格段にしやすくなるだろう。

とにかく、願之助殺しにおゆうが関わっていないはずがない。この考えは、富士太郎の心にがっしりと根を張っている。

今日はおゆうに的をしぼって調べを進めようと、富士太郎は心に決めた。

さて、そろそろ起きようかね。富士太郎は一気に立ちあがった。手早く着替えを済ませる。

台所から、朝餉の支度をする音がきこえている。智代が富士太郎たちのために、一所懸命、腕を振るっているのだ。

今朝はどんなものを食べさせてくれるんだろう。富士太郎は心が弾んでならない。

正直、母の田津がつくっていたときは、ここまでうきうきすることはなかった。料理上手の田津がつくる食事がまずかったわけではないが、やはり、好きなおなごがつくってくれるというだけで、男という生き物は気持ちの昂ぶり方がちがうのだろう。

鼻歌まじりで手ぬぐいを肩にかけた富士太郎は腰高障子を横に滑らせ、廊下に出た。沓脱ぎの草履を履く。足の先が凍《こご》えて、少し履きにくい。

今朝はかなり冷えこみ、この冬初めての霜《しも》がおりた。庭の土が、白く盛りあがっている。木々を騒がせて吹き渡る風も、頰をこわばらせる冷たさだ。

これまでは日中、春のようにあたたかかったりして、秋と冬が入りまじったような天候が続いていたが、これから本物の冬が江戸の町を包みこむことになるのだろう。

富士太郎は、冬は嫌いではない。凜《りん》とした大気に触れると、気持ちがしゃきっとし、背筋が伸びるような心持ちになるからである。

富士太郎は庭の井戸で洗顔した。頰がしびれ、頭のてっぺんまで、きんとなるほどだが、これはむしろありがたい。気分がすっきりし、これから一日がはじまるんだという感じが強くする。

富士太郎は部屋に戻り、十手を袱紗に包んで懐にしまい入れた。部屋を出ようとして、向こうからやってくる足音に気づいた。

富士太郎は腰高障子をあけ、廊下に出た。にっこりと笑いを浮かべたが、笑顔は一瞬でかたまった。田津が、してやったりという顔で笑っていたからだ。にこにこしながら、ほんの間近まで近づいてきた。

「富士太郎、あなた、智代さんが来たと思っていましたね。お生憎《あいにく》さま、今朝は私が呼びに来たの」

「さ、さようでしたか。母上、おはようございます」

「おはよう、富士太郎。なぜ智代さんが呼びに来ないのか、きかないの」

「ではうかがいます。なぜですか」

「智代さんには、納豆《なっとう》を買いに行ってもらったの。あなたは毎朝、納豆がないと、力が出ないでしょ。今日はどうしてか、いつもの納豆売りが来ないのよ」

「えっ、どうしてでしょうね。風邪でも引いたのですかね」

「そうかもしれないわね。今朝は格別、冷えこんだから」

門のほうで物音がした。田津がそちらに首を伸ばす。

「あら、帰ってきたようね。富士太郎、あまりのんびりしていると遅れますよ。さあ、一緒にいらっしゃいな」

いつもの納豆とはやや味がちがったが、こちらもうまかった。

屋敷をあとにした富士太郎は、ずんずんとした足取りで町奉行所に向かった。体には力がみなぎっている。やはり納豆の力はすばらしい。それに加え、わざわざ自分のために智代が買ってきてくれたとなれば、力が出ないはずがない。いつもの倍くらいは楽に出そうだ。

太陽は顔をのぞかせているものの、寒風が木々をあおるように吹くなか、陽射しに力はほとんどない。できれば、納豆を食べさせてやりたいくらいだ。

納豆のおかげなのか、富士太郎はあまり寒さを感じていない。向かい風のなかを足早に歩き、あっという間に町奉行所に着いた。

同心詰所で少しだけ書類仕事をこなしたあと、大門の下に移動した。すでに珠吉が待っていた。富士太郎は珠吉と朝の挨拶をかわし、忠実な中間の顔をじっと見た。六十をすぎているというのに、顔色はかなりよい。つやつやしている。

最近、珠吉はずいぶんと若々しくなった。なにか秘訣があるのだろうか。富士太郎は不思議に思い、珠吉にきいてみた。

「えっ、さいですかい」

珠吉は意外そうに頬をなでさすった。

「これまでとさしてちがいはないんですけどね。変わったことといえば、旦那がたくましくなり、しかも、ちゃんとおなごに興味を持ってくれるようになったということですかね。それだけで、あっしは肩の荷がおりた気分ですよ」

深々と息をついてみせた。

「えっ、おいらはそんなに負担をかけていたのかい」

「あっし自身、たいして感じてはいなかったんですけど、実際にぐんと血色がよくなったんだから、そういうことかもしれませんねえ」

富士太郎は、顔色が悪くなるほど自分のことで悩んでくれていた珠吉がいじらしくてたまらなかった。

「珠吉、苦労をかけたんだね。すまなかったねえ」

「いや、苦労っていうほどのものじゃありませんや。旦那は我が子同然ですから、気苦労ぐらいさせられるのは、当たり前のこってすよ」

「おいらのことを我が子だと思ってくれているのかい」

「当たり前ですよ。ですから、旦那が智代さんと一緒になってくれるというのが、うれしくてたまらないのは、本当のこってすよ。旦那の子はさぞかわいいでしょうねえ」

赤子がその場にいるように、珠吉が柔和に目を細める。好々爺《こうこうや》そのものだ。

「旦那、早く抱かせてくださいね」

「もちろんだよ。といっても、こればかりは天からの授かりものだからねえ。でも、生まれたときは本当の孫だと思って抱いておくれよ」

「その日まで、必ず生きていないといけないですねえ。あっしは決して死ぬわけにはいかねえんだな」

自らにいいきかせるようにいった。

「その顔色のよさなら、大丈夫さ。さて珠吉、出かけようかね」

富士太郎は大門の下を出た。強い風が吹きつけてきて、土埃を舞いあげた。目に入りこんで、ひどくしみた。

「まいったね、こいつは。江戸は冬になると、これがあるからまいるんだよねえ」

「旦那、大丈夫ですかい」

「ああ、もう大丈夫だよ」

「それで旦那、今日はどうするんですかい」

珠吉がうしろからきいてきた。

「うん、珠吉も同じ考えだと思うんだけど、おゆうのことをじっくり調べてみようと思っているんだよ」

なるほど、と珠吉が相づちを打つ。

「あっしは一晩、寝床でいろいろと考えをめぐらせたんですがね。おゆうという女が願之助親分の殺害に関わっていないはずがないのは当然のこととして、どういう理由で自分の旦那を殺したいと思ったのか、とか、自分で殺《や》ったのか、それとも他の者にやらせたのか、など、いろいろと調べなきゃいけないことが山盛りだったんですよ」

うん、と歩きつつ富士太郎はうなずいた。

「もちろん探索に先入主《せんにゅうしゅ》は禁物ですから、本当に四五蔵一家の者が願之助親分を殺っていないか、話をきかなきゃいけない、とも思っています。四五蔵一家だけでなく、ほかに願之助親分を殺したいと思っている者がいないのかどうか、そのことも明かさないとならない。そのなかには、願之助親分の子分だって含めないといけないんですよねえ」

富士太郎の頭のなかに、平治という願之助の右腕だった男の精悍な顔が浮かんだ。平治が実はおゆうとできており、願之助が邪魔者だったとしてもおかしくない。あるいは、平治が斜陽の一家を自らの手で立て直したいと願い、それには願之助を除くほかないと思いこんでおゆうに警護の者を外すようにいわせたのか。

平治が願之助の首と引き換えに、四五蔵一家に幹部として受け容れられるように求めていたということも考えられないではない。生き残るためなら、どんなことでもするのが人間というものだろう。

「旦那、もしおゆうが犯人だとして、一つ、はっきりさせなきゃいけないことがあると思うんですよ」

うしろから珠吉がいった。富士太郎は興味を惹かれて振り向いた。

「なんだい、そいつは」

「願之助親分が殺されたのは、やくざの親分ということが関係あるのか、それとも、やくざであることは関係なく、妾奉公の相手として殺したのか、ということです」

珠吉が言葉を切る。

「おゆうという女の調べがつけば、殺した理由というのは、どのみち明白になるとは思うんですが、ちょっと気にかかったものですから」

「確かにいま珠吉がいったことを頭に入れておくのと、入れておかないのでは、その後の探索の進展に大きな開きが出てくるような気がするね」

富士太郎と珠吉は、小石川諏訪《すわ》町にある四五蔵一家に向かっている。町奉行所から半刻ほどで、軒先《のきさき》にいくつもの弓張《ゆみはり》提灯をつり下げた旅籠のような構えの建物の前で足をとめた。

二間ほどの広さの間口はあけ放たれており、風にはためく厚手の暖簾の向こう側に広がる土間には、整然と草履や雪駄が並んでいる。なかなかきれいにしてあるんだね、と富士太郎は感心した。

「親分の命でしょうけど、こういうふうにしてあるところは、勢いがあって、侮《あなど》れないところが多いようですね」

これまでの経験をもとに、珠吉が富士太郎にささやく。やくざ者といっても、毎日を暮らす態度が一家の行方を決めるというのは、確かにあるのだろう。

日頃の行いにめりはりがあり、規則正しいところは、やはり伸びてゆくように思う。そのあたりのことを、四五蔵という親分は心得ているのかもしれない。

「ごめんよ」

珠吉が暖簾を払い、富士太郎はあとに続いた。掃除が終わったばかりらしく、若い者が雑巾《ぞうきん》を片づけたり、箒やはたきを用具入れにしまいこんだりしていた。

十数人の男が二十畳ばかりの部屋にいた。

凄みを感じさせる目がいっせいに富士太郎たちを見た。

「しろですね」

珠吉が外に出るや、ささやく。

「おいらも同感だよ」

富士太郎は振り返った。四五蔵を中心に主だった者が六人ばかり、律儀に頭を下げて見送っている。

願之助の話をききに行っただけなのに、やくざ者と阿漕《あこぎ》な相談をしてきたように見える。道を行く町人たちも、なんだろう、という目で富士太郎と四五蔵たちを交互に見やる。後ろ暗いことがないといっても、誤解されるのは冗談ではなかった。

富士太郎はさっと前を向き、足を速めた。冷たい風がまともにぶつかってくる。火鉢が入れられたあたたかな座敷から出てきたばかりだけに、身震いが出る。角を曲がると、ようやく四五蔵一家の者たちから逃れられた。

ほっと一息ついて、富士太郎は珠吉に語りかけた。

「話をした限りでは、誠実さが感じられる男ではあったね。腹のなかには、なにを考えているかわからない薄気味悪さと底知れなさも同居していたけど」

「ええ、さいですね。とにかく四五蔵という親分の眼中に、願之助親分などなかったのはまちがいありませんね。願之助が生きようが死のうが、願之助一家の縄張が手に入ろうが入るまいが、どうでもよかったんですね」

願之助という名を富士太郎が口にしたとき、いったいそいつはどこのどいつのことだという顔を、四五蔵をはじめとした主立《おもだ》った者は見せたのである。

一人がようやく思いだしたらしく、四五蔵にささやきかけたことで、四五蔵も、ああ、あの男かいという感じでうなずいたのだ。ろくに名も知らない親分が殺されたことで、わざわざ町方役人が出張ってくるなど、信じられないという顔つきだった。

「うん、少なくとも、あいつらの顔に嘘はなかったよ。願之助親分のことをほとんど知らないっていうのは、本当のことだったね」

富士太郎は実感をこめていった。

「願之助一家のことなど、ろくに知りもしなければ、覚えてもいなかったんだ。四五蔵という男がなにを考えているかわからないけれど、もっと大きいところを見つめているようだね。今まさに伸びようとしている一家なんだろうがね」

「あの四五蔵という親分は練達《れんたつ》の商人《あきんど》のような善人面で、旦那のいう通り、不気味な感じがしましたね。あの男、いったいなにを見据えているんでしょうか」

「気になるけど、珠吉、いま考えることではないだろうね。おいらたちは願之助を殺した者を明かさないと」

さいでしたね、と珠吉が大きくうなずく。

「それで旦那、次はどこに行きますかい」

「やっぱりおゆうのことを調べてみようと思うんだ。どうしても気にかかるからね。おゆうの生まれ育った町に行くつもりだよ」

願之助一家のある本郷元町の町名主のもとで人別帳は見ており、おゆうの故郷というべき町がどこなのか、すでにわかっている。音羽《おとわ》町七丁目である。

音羽町といえば、四丁目の甚右衛門店《じんえもんだな》という長屋に直之進の元妻である千勢《ちせ》が住まっている。今は倉田佐之助も一緒に暮らしているようだが、元は殺し屋だったあの男は、どうしているのだろう。

元気なのだろうか。なにか職を得たのだろうか。将軍を救うという大手柄を立て、これまでの罪はすべて許されて、大道を堂々と歩ける身分になっている。まさか殺し屋に戻るということはあるまい。

殺し屋というだけでなく、直之進の宿敵ということもあって、富士太郎は罪人だったときの佐之助を捕らえたくてならなかったが、結局、かなわなかった。だが、それも今は遠い昔のよう思える。逃げ切られたという思いが正直、ないわけではないのだが、それも千勢やお咲希《さき》のためにはよかったのではあるまいか。それに、いま佐之助は直之進と友情を育《はぐく》みつつあるようだ。

富士太郎と珠吉は音羽町七丁目を目指した。途中の自身番に、異常はないか、と声をかけるのを忘れない。どこからも、異常ございません、とのんびりした声が返ってくる。願之助殺しという凄惨な事件は起きたものの、江戸は今日もおおむね平穏といってよい。

「あれ」

関口駒井町《せきぐちこまいちょう》をすぎようとしたとき、珠吉が声をあげた。ほぼ同時に富士太郎も見つけていた。足が自然にとまり、目が釘づけになる。

さっき、あの男のことを考えたばかりである。それゆえ、視野に映りこんだのだろうか。距離は半町は優にあり、しかも他の人足たちのあいだに姿が紛れこんでいるというのに、どうしてあそこにいるのが倉田佐之助だとわかったのか。

他の者とはあまりにちがう、鋼《はがね》のように鍛えこまれた体が富士太郎たちの目を惹いたということか。佐之助は半裸になって、大槌《おおづち》を手にしている。

「すごいですね。腰まで水に浸《つ》かっていますよ」

珠吉が敬意の念を隠さずにいう。冷たい風が吹きすさび、上空でごうごうと鳴っている。早足で歩いてきたというのに富士太郎の足先は凍え、手の指もかじかんでいる。

それにもかかわらず、佐之助は水路に入りこみ、杭《くい》打ちをしているのだ。氷こそ張っていないものの、水はどれだけ冷たいものか。

佐之助が大槌を振りおろすたびに杭は縮んでゆき、見る間に水中に没してゆく。見ていて気持ちのよくなるような正確さだが、こちらの全身が薄ら寒くなる光景でもある。

「それにしても、なんだって佐之助さんはあんな真似をしているんですかね」

珠吉は呆《ほう》けたように口をあけている。

「あれは日傭取《ひようと》りの仕事ですぜ」

「ああ、そうだね。この寒いのに、あの男、汗を流しているよ」

たくましい背中や筋骨の隆《りゅう》とした腕が淡い陽射しを浴びて、きらきらと輝いているのは、そういうことなのだろう。

「それにしても珠吉、ずいぶんと楽しそうにやっているように見えないかい」

「ええ、満ち足りた表情をしていますね。充足しているってやつですか。以前《まえ》とはずいぶんちがいますよ」

千勢やお咲希とどんな暮らしを送っているか、あの顔つきだけで知れるというものだ。日傭取りの仕事を厭《いと》わず懸命にやるというのは、佐之助にとってとてもよいことだろう。殺し屋をしていたときは並ぶべき者がないほどの凄腕ということもあり、五十両、百両の金を稼ぐのにたいした手間はかからなかったにちがいない。

あの杭打ちの仕事で、一日どれだけ稼げるというのか。それでも、殺しを生業《なりわい》とするよりも、凍えるような水に腰まで浸かって大槌を振るうほうが、今の佐之助には、やり甲斐があるのだろう。お日さまの下で汗を流しているのが、うれしくてならないのではないか。

ほかの人足たちが佐之助を頼りにしているのが、見ていてもよくわかる。あの男たちも練達といってよい腕を誇っているだろうに、佐之助はやはり別格なのである。

いいものを見せてもらったな、と富士太郎は感動した。逃げ切られたという思いが、あたたかなものに溶かされてゆく。

「旦那」

静かな声で珠吉が呼びかける。

「そろそろ行きやしょうか」

「うん、そうだね」

富士太郎は穏やかな声で返した。寒風に逆らうように歩きはじめる。

数歩進んで振り返って見ると、佐之助は新たな杭を打ちだしたところだった。

まさに一心不乱といういい方がふさわしい。

汗がしぶきとなって散るのが見えるようだ。


音羽七丁目に着くや、富士太郎と珠吉はさっそく聞き込みを開始した。

おゆうの家は、以前は梶田屋《かじたや》という油問屋だったのがわかっている。奉公人は丁稚《でっち》を入れても六、七人にすぎない店だったが、有名料理屋を何軒も得意先に持って手堅い商売を続けていた。

順調だった商売が、おゆうの父が死んで急におかしくなった。おゆうの十歳上の兄である一吉《いちきち》が跡を継いだのだが、もともと良家の若旦那で甘やかされて育った上に、唯一厳しいことを口にしていた父がいなくなり、解き放たれてしまったらしく、博打《ばくち》に走ったのである。

例繰方《れいくりかた》の話では、一吉はあっという間に百八十両もの借金をつくり、その形《かた》に店を取られて梶田屋はあっけなく潰れた。それが三年前のことだ。最初はちやほやして儲けさせ、それからいかさま博打に引きこみ、一気に莫大な借財をこさえさせるというやり口だったらしい。

やくざ者に奪われた梶田屋は、家屋敷ごと地所は転売された。やくざ者の狙いは、はなから転売での利鞘《りざや》だったようで、代替わりしたばかりで甘ちゃんの一吉は、大儲けの格好の標的としか映らなかったのだろう。

「利鞘って、いったいどのくらいの額をやくざ者は手にしたんですかね」

護国寺の参道沿いにある一軒の茶店の長床几に腰をおろして、珠吉がいった。

富士太郎が茶店に誘ったのは、珠吉を一服させるためである。うれしいことに、熱い茶を飲んで生き返ったような顔をしている。

「一吉さんが百八十両もの借金をつくったっていっても、実際に金が動いたわけではないよね。博打での負けでできた実態のない金で、つまりは利鞘なんてものは元からないわけだよ。すべてが儲けってことさ。多くの者たちが参詣する護国寺への参道沿いにあるまとまった地所だけに、相当の金が動いたことだけはまちがいないね。多分、五百両はくだらなかったんじゃないかね」

　珠吉が目をむく。

「まさしく大儲けですね」

「罠にはまった一吉さんには悪いけど、こんなにおいしい商売は、あくどいやくざどもといっても滅多になかったんじゃないかな」

「一吉さんは店を失ったあと、御番所につかまっていますね」

　富士太郎はため息をついた。

「金策のために金貸しのところに行って断られ、火をつけてあるじを焼き殺したんだ。自分も死のうとしたけど、死にきれなかったんだよ。でも結局は死罪さ」

「そいつは金貸しがかわいそうですねえ」

　ふう、と珠吉が嘆息した。しばし茶を喫して雲の群れが押し流されてゆく空を黙って眺めていたが、ふとなにか思いついた顔つきになった。

「旦那、一吉さんをはめたのは、願之助ってことは考えられませんかね」

「店を奪われ、兄がはめられ、それをうらみに思って妾として近づき、ついに復讐を果たしたってことかい」

さいです、と珠吉がうなずく。

「うん、十分に考えられるね」

富士太郎は茶代を払い、珠吉とともに茶店をあとにした。

一吉をはめたのは願之助ではなく、徳右衛門《とくえもん》というやくざの親分で、半年前にこの世を去っている。享年は五十六。殺されたのではなく、病だった。肺がもともと悪く、ある晩、料理屋で主立った子分と酒を飲んでいる際、いきなり苦しみだし、血を吐いて絶命したとのことだ。すぐさま医者が駆けつけたが、手の施しようがなかったという。

徳右衛門の跡は徳之助《とくのすけ》というせがれが継いだようで、一家は今も音羽町界隈を縄張にしていた。子分は三十人をはるかに超え、相当の勢威を誇っているらしい。徳之助も先代に劣らずなかなかのやり手で、勢力をぐんぐんと伸ばしているようだ。いずれ、四五蔵一家とぶつかり合うことになるかもしれない。

やくざ者なんか共倒れになればいいね、と富士太郎は思うが、世の中、そううまくはいかない。

「店を奪われて兄がはめられた一件は、願之助殺しには関係ないんですかね」

「これまでの調べではそういうふうにしか思えないけれど、そう決めるのは早計かもしれないよ。珠吉、もう少しおゆうのことを調べてみようよ」

梶田屋がやくざの徳右衛門に奪われ、兄の一吉が死罪になったのち、おゆうはいったいなにをしていたのか。今から三年前のことだから、十五歳にすぎないが、その年頃の娘になにができるというのか。

一日かけて調べ、おゆうのことは知れた。おゆうは、音羽町二丁目にある高千《たかち》穂屋《ほや》という料理屋に二年半ほどつとめていた。梶田屋から油を仕入れていた店で、あるじの厚意で仲居として迎え入れられたのである。もともといいところのお嬢さんだけに慣れない仕事だったが、おゆうは懸命に仕事に励んだとのことだ。客にも同僚の仲居たちにも受けがよかったそうである。

その後、客としてやってきた願之助に見初《みそ》められ、妾におさまったのだ。高千穂屋のあるじは、梶田屋の娘にふさわしい家に嫁にだしてあげたいという気持ちがあり、やくざ者の妾というのはどうにも受け容れがたいものがあったが、おゆう自身が、ありがたいお話ですから是非とも、といったので、気乗りはしなかったものの、話を進めたという。当時のおゆうに男の影は見えなかったとのことで、やくざ者の妾におさまることに、なんの抵抗もなかったらしい。

この時点でおゆうに願之助に対するうらみがあったのかどうか、富士太郎にはわからないが、高千穂屋のあるじの話をきいた限りでは、おゆうに願之助へのうらみがあったとは思えない。

客として高千穂屋にあらわれるまで、願之助はおゆうのことを知らなかったはずだ。おゆうも願之助のことは高千穂屋で初めて知ったのではあるまいか。

その後、願之助の片腕だった平治のことも調べてみた。平治は願之助一家に住みこんでいるわけではなく、一軒の家を借りてそこに一人で暮らしていた。近所の者に話をきいたが、女出入りは一切なかったという。その代わり、夜になると役者崩れのような若い男が入れ替わり立ち替わりやってきていたそうだ。それらはまちがいなく陰間《かげま》たちだろう。つまり、平治は女には興味のない男というわけだ。おゆうと男女の関係があるはずがなかった。

ここまで調べてきて、富士太郎は心中、首をひねった。おゆうには願之助になんらかのうらみがあったとしか考えられないのに、これはいったいどういうことなのか。

――見落としているんだね。

きっと、どこかに鍵となるものがあるに決まっているのだ。それがどういうものか、富士太郎は珠吉とともに頭をめぐらせてみたが、今のところ、これだというものを思いつくことはできなかった。

おゆうに関して、まだまだ探索が足りないということだ。もっと深く掘り進めなければならない。

二

暖簾を払って入ってきたのが直之進と気づいて、信じられないという顔をし、立ち尽くした。

すぐにほっとしたように、にっこりと笑った。ちょうど店の土間にいたおきくにしてみれば、思い切り抱きつきたかったのではあるまいか。だが、そばに光右衛門とおれんがいて、ためらったようだ。直之進自身、おきくを強く抱き締めたかった。

「湯瀬さま、お帰りなさいませ」

帳場で帳面とにらめっこをしていた光右衛門が驚いたように立ちあがり、細い目をさらに細めた。

「こんなに早くお帰りになるとは、思いも寄りませんでしたよ。よっぽどおきくに会いたかったのですね」

もちろんだ、と直之進は答えた。

「道中、おきくちゃんの顔ばかり思い描いていた。会いたくてならなかった」

おきくが頬をぽっと染める。光右衛門の手伝いをしていたのか、帳場格子のなかのおれんが、うらやましそうな顔になった。

「湯瀬さまにそこまで想われて、おきくは幸せ者ですな。湯瀬さま、こんなところで立ち話もなんですから、奥にどうぞ」

そういった光右衛門が、これはいかんと、おでこを叩いた。

「いや、その前におきく、すすぎのたらいを持っておいで」

はい、とおきくが勝手口に向かう。すぐに水を張ったたらいを持ってきた。祥吉が横についておきくの手伝いをしている。直之進を見て白い歯を見せた。

「湯瀬さま、お帰りなさい」

「うん、ただいま」

よっこらしょ、と祥吉が一人でたらいを土間に置いた。

「湯瀬さま、どうぞ」

「かたじけない。祥吉ちゃん、力があるな。それにえらいぞ」

直之進は帳場の上がり框《かまち》に腰をおろした。

「女の人の手伝いをするのは、男として当たり前のことだよ」

祥吉が胸を張っていう。はは、と直之進は声をだして笑った。

「だがな、その当たり前のことができぬ者が、最近は多いんだ。そんななかで祥吉ちゃんはすばらしいぞ」

「ほんとう」

「本当さ。俺は嘘はいわぬ」

直之進は草鞋《わらじ》を脱ぎ、足をすすごうとした。だがその前におきくが、私が、としゃがみこんで洗いはじめた。その心地よさに、直之進はふう、と我知らず吐息を漏らした。沼里から夜を日に継いで戻ってきたが、その疲れがいっぺんに吹き飛んでいきそうだ。

足を洗い終えると、おきくに礼をいって直之進は座敷に移った。そこには祥吉の母親のおあきがいて、お帰りなさいませ、と辞儀をした。直之進はていねいに返した。座敷にはすでに茶が用意してあり、着座した直之進はおあきに勧められるままに茶を喫した。苦さとわずかな甘みが体にしみ渡る。うまいなあ、と直之進は盛大な息をついた。

「ここで飲む茶は、なんでこんなにうまいんだろう」

おあきが柔和にほほえむ。

「心をこめていれているからですよ。それにしても湯瀬さま、お早いお帰りですね。おきくもうれしくてならないでしょう」

「皆の顔を見られて、俺もうれしいよ」

「湯瀬さま、相変わらずうまいことをおっしゃいますなあ」

正面に座った光右衛門が相好《そうごう》を崩す。

「おきくの顔にしか目がいっていないようでしたが」

「ばれたか」

おきくとおれん、祥吉がやってきて、光右衛門のうしろに座を占めた。祥吉の横に、おあきが正座した。三人姉妹で、そのうちの二人は双子だから、よく似たおなごが顔を並べている。祥吉も、母親によく似た顔立ちをしている。

座敷にわずかな沈黙が漂い、その機をとらえたように光右衛門が身を乗りだした。真剣な光を目に宿している。

「湯瀬さま、又太郎さまのお加減はいかがです」

ここに顔をそろえた者たちの最大の関心事であるようだ。皆で又太郎を案じてくれている。胸が熱くなり、涙がこぼれそうになる。直之進はなんとかこらえ、又太郎のことを話した。

皆の顔が一様に曇る。光右衛門が残念そうに嘆息した。

「さようですか。今も厳しい状態が続いているのですね。でも、又太郎さまのことですから、きっと本復されましょう」

直之進は深くうなずいた。

「俺もそれを信じている」

力強い口調でいったとき、戸口のほうで騒がしい物音がした。おっ、という野太い声が直之進の耳に届く。あれは、と直之進は首を伸ばして、店のほうを見やった。

「直之進、帰ってきたのか」

どやどやと遠慮のない足音が響き、平川琢ノ介が座敷に入ってきた。一升徳利を二本、手にしている。

「琢ノ介のおじちゃん、お帰りなさい」

「おう、ただいま」

琢ノ介が祥吉の頭をなでた。

「おう、直之進、やっぱり帰ってきていたか。あのすりきれた草鞋ですぐにわかったぞ。おうおう、この寒さだというのに、よく日に焼けておるのう」

部屋の隅に一升徳利を静かに置いてから、琢ノ介が直之進の隣にどかりと座った。顔をきりっと引き締めて、直之進をじっとのぞきこむ。

「ふむ、又太郎さまのご容体は、かんばしくないようだな。直之進の顔色がよくないものな。気がかりが陰となってあらわれておる」

直之進は琢ノ介にも、又太郎がどんな様子か語った。そうか、と琢ノ介が沈痛な表情で首を何度か振った。

「頭を打たれたのでは、妙薬はないな。又太郎さまのご快復を祈るしか、今のわしらにできることはない。運の強いお人だ、わしは大丈夫と信じておるぞ。ともに荒波を乗り切ったこともある」

確かにその通りで、琢ノ介は囚われの身となった又太郎とともに大船に乗せられて、嵐に遭ったことがあるのだ。同じ嵐に別の船で直之進も巻きこまれた。そのときにはおきくが一緒で、嵐を乗り切ったそのときに、二人の絆はより強くなったと感じたものだ。

「それで直之進、どうしてこんなに早く江戸に帰ってきた。ははん、沼里からなにか用事を持ってきたのだな」

「うむ、その通りだ」

直之進は首肯《しゆこう》し、告げた。

「おしず、こうきち、という二人を捜しださなければならぬ」

その二人はいったいなんだ」

琢ノ介が当然の問いを発した。光右衛門やおきくたちも、どういう者なのか知りたくてならない顔つきである。

「推測にすぎぬゆえ断言はできぬが、おしずというのは又太郎さまの想い女、こうきちは二人のあいだにできた子ではないかと思える」

「ほう、こうきちというのは、ご落胤《らくいん》か」

琢ノ介が意外そうにいって、天井を見あげる。うんうん、と小さくうなずく。

「又太郎さまは家督を継がれる前、江戸で派手にお遊びになっていたらしいな。ご落胤がいらっしゃるのは、考えられないことではない。いや、わしがじかにきいた遊びっぷりからは、ご落胤がいないほうがむしろ不思議なくらいだぞ」

「うむ。同じことは、国家老の大橋民部さまもおっしゃった」

直之進は茶を喫し、言葉を続けた。

「国家老は滅多に出府することがないだけに、大橋さまは又太郎さまに一度もお会いしたことがなかった。次の殿さまということで、お人柄や江戸におけるご行状など、気にかかっていろいろとお調べになったそうだ。そのときには、ご落胤のことはまったく引っかかってこなかったようだが」

琢ノ介がかたく腕組みをする。

「直之進、ご落胤捜しは又太郎さまの万が一のことを考えてのことだな」

「そうだ」

「確か沼里には、房興どのという又太郎さまの腹ちがいの弟がいたな。やはり弟御に跡を継がせるわけにはいかぬのだな」

琢ノ介も以前のお家騒動において、房興がどんな役割を演じたか、そのあたりの事情は知っているはずである。この言葉は単に念押しにすぎない。

「正直いえば、俺は房興さまが跡を取ってもよいと思っている。もし又太郎さまに万が一のことがあった際、家中の者にとって主家が存続するということが最も大事なことで、公儀とのあいだで円滑に話が進むのは、房興さま以外、いらっしゃるまい」

「房興さまはいま河津にいるのだろう。流人として流されたことは、公儀に届け出てはおらぬのか」

「家中のことだからな、公儀へはなにも告げておらぬだろう。ことはお家騒動だった。むしろ、知られては困ることゆえ、家中の要人たちも無言を貫いたはずだ」

「ならば、房興さまを河津から戻すこともできぬことはないな」

「だが、ことはそう容易ではない。房興さまを戻すということに、不満を持つ者は多い。いま要職に就いている者たちのほとんどは反対するだろう。不満を持つ者が多いというそのこと自体、お家騒動につながってしまうおそれが強い。もしご落胤がこの世にいるのなら、その子を捜しだし、又太郎さまのあとを継がせたほうが穏便《おんびん》に済ませられるのは、まちがいなかろう」

琢ノ介が大きく顎を動かした。

「よし、話はよくわかった。直之進、わしもそのご落胤捜し、手伝うぞ」

「ありがたい。その言葉を俺は期待していたんだ」

「おいらも手伝うよ」

祥吉が力強く右手をあげたが、母親のおあきに、おまえは駄目よ、おとなしくしていなさいといわれ、しゅんとなった。

「祥吉、おまえの出番はもう少し大きくなったときだ」

琢ノ介がやさしくいいきかせる。

「おそらくわしらが捜さなければならぬこうきちという子と、さして歳は変わらぬ」

「ああ、そうなの。じゃあ、おいらはどのくらい大きくなればいいの」

「そうさな、十歳を超えたら、手伝ってもらってもいいな」

祥吉が落胆する。

「まだだいぶあるね」

「すぎてしまえば、あっという間だ」

「わかったよ。おいら、がんばって早く大きくなるよ」

「うん、そうしろ。それがよい」

いとおしくてならないという目をしていた琢ノ介が顔をあげ、直之進を見つめる。

「半鐘が鳴ったとき沼里城中で、おしず、こうきち、とうわごとのように又太郎さまがおっしゃったといったな。それはつまり、火事にその母子が関係しているということか」

「うむ。そうとしか思えぬ」

「わしが又太郎さまと知り合ったのは、火事で人を助けだしたことだった。又太郎さまは火事が大好きであったな」

「その通りだ。あるいは、おしずというおなごも火事で助けだし、それがきっかけで深い仲に、いや、とても仲よくなり、こうきちという子をもうけた、という筋書きも十分にあり得る」

直之進は祥吉を気にして、いい直した。

「直之進、火事のあったところを中心に調べを進めてゆくということでかまわぬな」

「うむ、それが最も早道だろう。琢ノ介はそっちの方向で頼む」

「直之進は別の方向から捜すのか」

「そのつもりだ。又太郎さまがおしずという女と知り合ったのは、火事でないかもしれぬゆえ。又太郎さまが遊びまわられていたときのなじみの店などを、当ってみるつもりでいる」

「ふむ、確かに二人して同じ方向を調べても仕方ないかもしれぬが、江戸はとにかく火事が多いからな、多分わしだけでは手が足りぬぞ」

「そうだな。人は増やさねばならぬ。それについては心当たりが一人ある」

琢ノ介がにやりと笑う。

「それが誰か、わしはわかったぞ」

光右衛門も誰なのか覚った顔つきになった。

「湯瀬さま、もしやこれからいらっしゃるおつもりですか。もう暗くなってきましたよ」

「暗さは関係ない。つなぎは一刻も早く取ったほうがよかろう」

「お疲れではないのですか」

これはおきくである。気がかりそうな色が瞳にある。

「疲れておらぬといったら嘘になる」

直之進はおきくを見つめ返し、小さく笑みを浮かべた。

「だが殿のことを思えば、このくらいの疲れ、なんということもない」

それではと、おきくが着替えを用意してくれた。旅塵にまみれた着物で行くよりも、少しでもきれいな着衣に着替えたほうが、疲れ方がちがうというのだ。確かに一理ある。さっき、たらいで足をすすいでもらったばかりだが、それだけでふくらはぎのあたりから重しがはずれた気がしたのだ。汚れを取るというのは、疲労を軽くする力が確実にある。

身につけたのは、光右衛門の着物である。光右衛門は吝嗇《りんしょく》そうに見えて、あれで着物にはけっこう気を使うし、金も使う。着ているのはなかなか上質なもので、こざっぱりとした感じがとても心地よい。寒風が吹いているが、布地が上等なようで、そんなに寒さも感じない。

倉田は元気にしているだろうか。直之進は提灯の明かりとともに歩を進めつつ、そんなことを思った。あの男のことだから、元気にちがいあるまい。あの男はいま幸せの絶頂にいるはずだ。もっとも、それは、こちらも同じかもしれない。自分たちは、一度は激しく斬り合った。しかし、倉田も自分も、人並みの幸せをつかもうとしている。微笑が漏れ出る。死闘を演じた二人がまさかこういうふうになるとは思いもしなかった。

だが、又太郎のことを思いだし、直之進はすぐさま表情を引き締めた。

その直後、気持ちがきゅんと緊張した。誰かにつけられていると感じたからだ。だが、うしろを見ようという気にはならない。振り返ってみたところで、この闇の深さでは正体を確かめようがない。

いったい誰がつけているのか。とんでもない手練のような気がするが、そのような者につけられる覚えはない。もしや、落としだねのことを嗅ぎつけられたのか。だが、あのことを知っているのは、数えるほどしかいない。それでも御典医の側から漏れないことはないだろう。大橋民部もいっていたが、沼里家中で房興を擁立しようとする動きが出ているのはまちがいない。この闇の向こうにいるのも、そういう者なのだろうか。

もしかすると、この俺をつけてご落胤のもとに案内させようというのか。その上で、ご落胤の命を断とうというのか。そんなことは決してさせぬ。

撒《ま》きたかった。相手が相当の手練である以上、いくら深い闇が覆っているといっても、目をくらますのはむずかしいかもしれない。だが、やらないよりはいい。いま向かっているのは佐之助のところで、ご落胤にじかに結びつくわけではないが、できれば佐之助のことも知られたくはない。

いや、撒くよりも、どんな者なのか、正体を見極めたほうがよい。ここは化けの皮をはがすべきなのではないか。

左手に、路地が口をあけている。あと二間ばかりの距離でしかない。直之進は提灯を吹き消すや、地面を蹴り、路地に駆けこんだ。路地の長さは十間ばかり。

それを一気に駆け抜け、突き当たりを右に折れた。用水桶の陰に隠れ、息を殺す。

鼓動が五十ばかり打つあいだ、じっと待ったが、路地を走ってくる者はいない。静寂のとばりがあたりを包みこみ、それを破るのは吹き渡る寒風だけである。

乗らなかったか。どうやらこちらの狙いを見破られたようだ。やはり相手は相当の手練である。

直之進は用水桶の陰を出た。一町ほど慎重に歩いて、つけている者がいないことを確かめた。撒けたのかどうか、確信はないが、とりあえず尾行者の気配は消えた。

直之進は提灯に火を灯《とも》し、音羽町に向かって再び歩きはじめた。

久しぶりだな。直之進は提灯を掲げ、木戸を見つめた。

甚右衛門店と記された看板が打ちつけてある。木戸の奥は、八軒ずつの店が路地をはさんで向かい合っている長屋である。一応、背後を気にした。つけている者の気配は感じられない。

木戸をくぐった直之進は、右側四つ目の店の前で足をとめた。なにも書かれていないさらの腰高障子が、ほんのりと灯りを映じている。それが、一家の幸せな暮らしぶりを如実《にょじつ》にあらわしているようで、口元が自然にほころんだ。佐之助だけでなく、千勢やお咲希がそろっているのが、腰高障子越しに漏れる雰囲気で知れた。提灯を消すことなく、なかに声をかけようとしたが、その前に腰高障子に人影がすっと映りこんだ。

「湯瀬か」

低い声がいう。こちらの発した気配でそうと覚るなど、さすがとしかいいようがない。

「そうだ」

直之進が答えると、乾いた音を立てて腰高障子があいた。佐之助の精悍な顔が目の前にある。殺し屋をしているときよりも、さらに研《と》ぎ澄《す》まされてきたように思えるが、勘ちがいだろうか。穏やかななかに厳しさがひそんでいるというのか。それに、初冬というのにずいぶんと日に焼けている。充実したものが、浅黒い顔つきにくっきりと刻まれていた。

今のこの暮らしは、この男が昔から望んでいたものなのかもしれぬな。

「どうした、なぜ俺の顔を見ている」

「いや、また変わったなと思ってな」

「変わったか」

「ああ、だいぶ」

「毎日、うまい物を食べさせてもらっているからな」

佐之助にしては珍しく、軽口を叩いた。

「こんな刻限に済まぬ」

直之進は会釈気味に頭を下げた。

「湯瀬、どうした。なにかあったのか。夜に限らず、おぬしが訪ねてくるなど、滅多にあることではない」

千勢が立ってきて、直之進を見つめた。

「お入りください」

「いや、今宵は遠慮しておく。倉田、できれば歩きながら話したい」

佐之助が首を動かして千勢を見る。

「出てくる」

それからお咲希に目をやった。夜の客にあまりいい者がいないのを知っているのか、お咲希は不安そうに見あげている。行灯の明かりがつやつやとした頬に当たっているが、表情はくすんでいる。済まぬことをした、と直之進は謝りたかった。

「お咲希、そんな顔をするな。この湯瀬直之進が悪い者でないのはお咲希も知っているだろう。すぐに戻ってくるゆえ、案ずるな」

「はい」

かすれたような声で、お咲希が返事をした。佐之助が手を伸ばし、お咲希の頭をやさしくなでた。お咲希のそばに火鉢が置かれ、じんわりとしたあたたかみを送っている。

「寒いから、炭を絶やすな」

行ってくる、と千勢に告げ、佐之助が路地に出てきた。行ってらっしゃいませ、と千勢がいい、腰高障子を静かに閉めかけた。直之進と目が合ったが、どんな話があるのだろう、といいたげな色は浮いていなかった。よろしくお願いいたします、とばかりに軽く一礼してみせただけだ。佐之助にすべてをまかせているという態度に見えた。信頼しきっているのだ。

提灯を下げて、直之進は路地を歩きはじめた。うしろから佐之助がついてくる。

「せっかくの団欒《だんらん》を済まなかった」

「気にするな」

　直之進は襟元をかき合わせた。

「なにしろ今宵は寒いのでな、外に連れだすのも気が引けた」

「寒いが、気持ちがしゃんとするぞ」

　長屋の木戸を抜け、やや広い道に出た。佐之助が肩を並べてきた。

「それで、話というのはなんだ。いや、ちょっと待て。どんな話なのか、当ててみるか」

　提灯の頼りない明かりがにじむなか、歩きながらじっと直之進の顔を見つめる。

「湯瀬、よく日焼けしているな」

「おぬしもな」

「今は日傭取りに精をだしているからな」

　直之進は目をみはった。足がとまりかかる。

「日傭取りだと。おぬしがか」

「そうか、意外か。だが、体を動かして働くのは楽しいぞ」

「意外ではあるな」

「おかしいか」

「仕事はなんだ」

「水路での杭打ちだ」

「この寒いのに水場での仕事か」

「水に入った途端、頭まで冷たさが突き抜けるが、大槌を振るい続けていると、汗が出てくる。水の冷たさが気持ちよいくらいだ」

「たいしたものだな。俺には真似できぬ」

「できるさ」

佐之助がこともなげにいう。

「おぬしはいざとなれば、そういうことができる男よ」

「おぬし、今がいざというときか」

「そんなことはない。この顔を見ればわかるだろう。俺は今の暮らしに満足している。汚い金を使うことなく、それを守ろうとしているだけだ。守らねばならぬ者ができたゆえ、なんでもできるというわけだ。あの二人は、俺に力を与えてくれる」

佐之助の穏やかさのなかにある厳しさというのは、これか、と直之進は合点《がてん》した。平和な暮らしを守るためには、厳しさを宿していなければならないというわけだ。

「そういえば、俺が杭打ちをしているところを富士太郎と珠吉の二人が眺めていたぞ」

「ほう、そうか」

「声をかけずに行きすぎたが、こっちもまじめな顔をして精をだしているところを見られて、少し気恥ずかしかったから、あの気遣いは助かった。——話がずれたな」

佐之助が、直之進の持つ提灯の灯を見つめている。心を集中しようとする顔つきだ。一条《いちじょう》の心許ない明かりは闇に圧倒されてはいるが、それでもあらがうようにまわりの家や、木々などを淡く照らしてゆく。

「おぬしの日焼けは、むろん日傭取りの仕事に精をだしているせいではないな。もしや旅に出たか。少し疲れた顔をしているのは、そのせいだろう。だが、埃《ほこり》じみた旅装ではない。けっこういいものを着ている。米田屋あたりで着替えさせてもらったのだな」

「ふむ」

「しかも、今のおぬしは明るい顔つきとはとてもいえぬ。なにか問題が起きたようだな。おぬしが旅をし、そんな顔つきになるのは、だいたい又太郎どのに関してと相場が決まっておる。ふむ、又太郎どのの身になにか起き、それで沼里に行ってきたのではないか。そして、江戸にとんぼ返りしたということは、又太郎どののことに関し、江戸でしなければならぬことがあるからか。そのことに絡んで、俺に依頼したいことがあるのだな」

「こいつは驚いた。さすがとしかいいようがない」

直之進は心からほめたたえた。

「世辞などよい。おぬしが頼みたいことというのは……」

佐之助がじっと考えこむ。

「ふむ、こいつはちとわからぬな。俺に頼みたいこととはなんだ」

「実は――」

直之進は又太郎の身になにが起きたか、すべての事情を語った。

きき終えて佐之助が驚愕の顔になる。

ろうな」

「又太郎どのが落馬し、昏睡中だと。湯瀬、まさか命が危ういわけではないのだ

直之進は唇を引き結んだ。

「今は元の殿に戻られることを、祈ることしかできぬ」

ふう、と佐之助がため息を漏らした。

「昏睡中の又太郎どのが、おしずとこうきちという二人の名をつぶやいたか。ふむ、ご落胤か……」

佐之助が顔を向けてきた。

「それで、俺にそのご落胤捜しを手伝えというのだな」

「そうだ。頼めるか」

「どうして俺に頼む」

「おぬしなら捜しだしてくれそうな気がするからだ。江戸の者だけに、江戸の地理にも詳しいだろう」

佐之助がにやりとした。

「ふむ、目のつけどころはよいな。又太郎どのが半鐘に反応して、二人の名をつぶやいたというのは、まちがいないのだな」

「うむ」

「ならば、この江戸で起きた火事のことを調べてゆけば、いいのか。又太郎どのが派手に遊びまわっていたのは、ここ五年ばかりか」

「そのようだ。いま二十歳であらせられる。十五の頃から遊びに目覚められた」

「ならば、ここ五年以内で、その二人が関係している火事を見つけだせば、ご落胤のもとにたどりつけるかな」

「平川にはそうするようにいってある」

「平川にも頼んだのか。あの男も仕事はできるが、一人ではさすがに手にあまるか」

「平川も俺と同じで、江戸の者ではない。江戸のことに、だいぶ詳しくなってきている程度にすぎぬ」

「おぬしは火事を当たる気はないようだな」

直之進は、自分がどういうふうに調べるつもりか、そのことを述べた。

「なるほど、又太郎どののなじみの店か。案外、そっちのほうが早いかもしれぬ」

「そうかもしれぬが、これが意外に多い」

直之進は懐から一枚の紙を取りだした。

「こいつは、国家老の大橋さまから渡されたものだ。これに家督を継がれる前に殿がよく足を運ばれた料理屋や料亭、煮売り酒屋、矢場など、あらゆるところが載っている。まったく我が殿ながら、よく足を運ばれたと思えるほどの数だ。俺には真似できぬ」

「よくそのようなことが国家老にわかったものだ。国家老は、江戸にいる跡継がどのような男か、調べていたのか」

「そういうことだ」

「それが今になって役立とうとは、国家老も思わなかっただろう」

「そうかもしれぬ。俺は江戸の火事の一覧など、持っておらぬのだが、そういうものはやはり必要だろう。どうも平川は町の者に話をきいて、火事があったところを一つ一つ愚直に潰してゆくつもりらしいが」

「火事の一覧があったほうが、やはり仕事は早かろう。そのあたりは大丈夫だ。心当たりがある」

「それをきいて安心した。ところで、日傭取りの仕事はよいのか」

「ああ、かまわぬ。ちょうど今日で終わったんだ。お払い箱になったゆえ、次の仕事を探さねば、と思っていたところだ」

「ならば、給金を払わねばならぬな」

「いらぬ。おぬしからもらおうとは思わぬ」

「そういうわけにはいかぬ」

「本当にかまわぬ。汚い金だが、食うに困らぬだけの蓄えはある。必要ない」

「そうか。わかった。では、お言葉に甘えさせてもらおう」

佐之助が不意に足をとめた。直之進も立ちどまった。

「湯瀬、もう話は終わったのだな。ならば、ここで別れよう」

「長屋まで送ってゆくが」

直之進は提灯を掲げた。佐之助が微笑する。

「いらぬ。女子供ではないし、夜目《よめ》も利《き》く。夜、提灯を持たぬ道行きは法度《はっと》だが、別に見咎められることもあるまい」

そうか、と直之進はいって佐之助にしっかりと向き直った。頭を下げる。

「では、よろしく頼む」

「湯瀬、顔をあげろ。そんなことをする必要はない。正直いえば、俺はおぬしに頼られてうれしいんだ」

佐之助がよく光る目で見ている。

「これまでいろいろとあったが、俺たちはそういう間柄になったということだ。こたびのことは、懸命に調べるつもりでいる。もし俺に困ったことが起きれば、俺は必ずおぬしを頼る。つまりは、お互いさまというわけだ」

「よくわかった。もしおぬしになにかあったときは必ず頼ってくれ」

「承知した」

微笑した佐之助が身をひるがえそうとする。直之進はそれを押しとどめた。

「最後に一つ、いっておくことがある。さっき俺は何者かにつけられた。撒いたとは思うが、確信はない。これは推測にすぎぬが、ご落胤の命を断とうとする者やもしれぬ」

「ほう。それは、房興どのが放った刺客ということか」

「それはまだわからぬが、きこえてくる房興さまのお人柄からして、まず刺客を放つようなことはなさるまい。もし放った者がいるとしたら、それは房興さまを担ごうとしている輩《やから》だろう」

「撒いたといったな。確信がないともいったが」

「撒いたつもりではいるが、相手はただ気配を消しただけかもしれぬ。俺は翻弄《ほんろう》されたのではあるまいか。今このときもこちらを見ているのかもしれぬ。とにかく、相当の遣い手であるのはまちがいない」

「ふむ、おぬしが手玉に取られたのかもしれぬのか。そいつは容易ならぬ」

佐之助が油断のない顔でまわりをうかがう。

「この闇の向こう側で、そやつが目を光らせているかもしれぬのか。どんなやつか、会ってみたいものだな。もし俺についたら、そのときは正体を暴いてやるさ」

「頼もしいな」

「湯瀬、ではな」

佐之助が身をひるがえす。風にさらわれたかのように、あっという間に姿がかき消えた。

又太郎のことは案じられてならないが、倉田の助力を得られたのは実に大きい、と直之進は思った。あの男の力添えがあれば、必ずご落胤を捜しだせるという確信を抱いた。

ほっと息をついて、夜空を見あげた。一杯にちりばめられた星が輝いている。南の空に半月が出ており、まだ見ぬご落胤の顔がそこに映りこんだ。又太郎によく似ていた。

涙がにじみそうになる。

頼むから、以前の殿に戻してくれ。

月に深い祈りをこめてから、直之進はおきくの待つ米田屋に向かって足早に歩きはじめた。

三

衝撃は小さくなかった。

千勢の顔がさっと青ざめたからだ。

この反応は、佐之助にとって決して意外なものではなかった。故郷を捨てたとはいえ、内実はやはりまだ沼里の人間ということなのだろう。人というのは、そんなにたやすく故郷を忘れたり、切り捨てたりできるものではない。

「又太郎さまがご危篤……」

千勢が唇をわななかせた。部屋の隅の行灯がじじと音を立て、黒い煙を一筋、吐きだした。かたわらのお咲希が千勢を心配そうに見ている。佐之助は、案ずることはないとの思いをこめて、お咲希の頬にやわらかく触れた。

「湯瀬によると、又太郎どのの容体はかんばしくないらしい」

それをきいて、千勢が両手を合わせ、目を閉じる。しばらく祈るように口のなかでなにかつぶやいていた。経の類だろうか。

唱え終わると目をあけたが、佐之助を見てはいない。どこか遠くを見つめているような瞳である。

「千勢の実家は兄上が継いでいたな」

「はい。すでに義姉上とのあいだに跡取りもいます」

「それなら、なおのこと心配だな。こたびのことは、まちがいなくお家騒動の種になる。実家も兄上の立つ位置によっては、巻きこまれるおそれがある」

千勢が顔を引き締める。

「直之進さまから依頼されたのは、ご落胤捜しとのことですが、それはもともと国家老の大橋民部さまが直之進さまに命を発したということなのですか」

「命を発したかどうかはわからぬが、湯瀬からは国家老という言葉が出てきたな」

佐之助は千勢にたずねた。

「千勢の実家は国家老派なのか」

「正直よくわかりませぬが、四十六石という小禄の家ですから、こたびの一件がどういう動きを見せても、あまり関係ないのではないでしょうか。それよりも、やはり又太郎さまのことが心配です」

「その通りだな」

佐之助は深くうなずいた。

「だが、又太郎どのは運の強い人だ。きっと大丈夫だろう」

沼里から又太郎が大船に乗せられてかどわかされたとき、佐之助もひそかにその船に乗りこんだ。船が嵐に遭って座礁《ざしょう》し、沈没しかけたとき、佐之助は一緒にいた琢ノ介ともども又太郎を救っている。もし自分がいなかったら、又太郎は確実に死んでいただろう。もしいま天が又太郎の命を召しあげるつもりなら、あのとき、沈みゆく船から助ける必要はなかったのではあるまいか。

お咲希が眠たそうにしているのに、千勢が気づいた。ごめんなさいね、さあ、布団を敷きましょう。

佐之助は布団に横になった。千勢が明かりを消す。お咲希が、佐之助の体にぴたりとくっつく。子供というのは、どうしてこんなにあたたかいのか。熱いくらいだが、こういう晩は助かる。じんわりとあたたかみが伝わってきて、佐之助は、こういうのが幸せというのだろうな、と思った。佐之助が戻ってきて安心したようで、穏やかな寝息がしはじめた。

それに誘われたように、佐之助も眠気を覚えた。明日のためにも寝ておいたほうがいい。目を閉じる。

お咲希の向こう側にいる千勢が、静かに寝返りを打った。又太郎のことが案じられ、目が冴えているのかもしれない。それなのに、こちらが眠ってしまうのは申しわけなかったが、佐之助は眠気にあらがえなかった。いつしか眠りの海に引きずりこまれていた。


「少しは寝たのか」

朝餉を食しつつ、佐之助は千勢にきいた。

「ええ、もちろん寝ました。ぐっすりというわけにはいきませんでしたが、うつらうつらという感じです」

千勢の目は赤い。顔色もいいとはいいがたい。お咲希も気がかりそうにしている。

「お咲希、箸がとまっているぞ」

佐之助にいわれてお咲希が箸で梅干しをつまみ、ご飯を食べようとするが、あまり食い気はないようだ。もともと食が細い子ではあるが、今朝は特に箸が動かない。無理に食べさせるわけにもいかず、こういうとき、子育ての経験がない佐之助はどうしたらいいのか、弱る。千勢も腹を痛めて生んだ子ではないから、その点では佐之助と同じである。

「自分でも驚いているのです」

少しだけ口をつけた味噌汁の椀を膳に置いて、千勢がいった。

「又太郎さまがご危篤ということで、これほどまで心が乱れるなど。やはり私はまだ沼里の人間なのだな、と強く感じました」

「江戸で暮らしている者のほとんどが、故郷を心に抱いて日々を送っているはずだ。今回は、相手が殿さまだからな、千勢にとってはなおさらだろう。殿さまは家中の者には、なにものにも代えがたい神聖なものだ」

千勢がいきなり箸を動かし、ご飯を食べはじめた。

「どうした、急に」

「又太郎さまのために、無理をしてでも食べたほうがいいような気がしてきたのです。そのほうが、又太郎さまのお力になれるのではないか、と思えて」

千勢が食べだしたら、お咲希の箸も勢いよく動きはじめた。佐之助はほっとし、かき混ぜた納豆をご飯の上にたっぷりとかけた。

途中まで一緒に行くというので、佐之助はお咲希を連れて長屋を出た。お咲希は書物や墨、筆などが入った風呂敷包みを手にしている。

「手習所は楽しいか」

うん、とつぶらな目で見あげて、お咲希が体全体を弾ませるようにうなずいた。あいているほうの手をぎゅっとつないでくる。

「お友達がたくさんいるから」

「たくさんか。いいな」

「父上もお友達、いるんでしょ」

一緒に暮らしはじめたその日から、お咲希は自分のことをおとっつあんと呼んでくれた。あのときの胸が熱くなる感動は、今でもまったく薄れていない。それがいつの間にか父上に変わっていた。

「そんなにはおらぬな」

「湯瀬さまは」

「あの男は友垣《ともがき》と呼んでよいかもしれん」

「ほかにはいないの」

「うん、そうだな。お咲希くらいの歳の頃はたくさんいたが、大人になったら、めっきり減った」

「大人になったら、お友達が減っちゃうのか。寂しいね」

「いや、減ってしまうほうが珍しいんだ。お咲希は大丈夫だ。安心しろ」

佐之助は握る手に少しだけ力を入れた。

「お咲希は手習のなかではなにが好きだ」

「今は『泰平江戸往来《たいへいえどおうらい》』と『妙義詣《みょうぎもうで》』」

「なんだ、その二つは」

「『泰平江戸往来』はお江戸のいろいろなところの案内をしてくれるの。これを読むと、行った気になるから好き。『妙義詣』は江戸から上野《こうずけ》の妙義山まで、中山道の旅を詳しく教えてくれるの」

「これも、行ったような気分になるから好きなのか」

「そうよ」

妙義山は珍しい岩々が立ち並ぶ、独特の山容《さんよう》を誇る霊山であり、山伏《やまぶし》の修験《しゅげん》場《じょう》として知られている。佐之助は訪れたことはないが、一度はのぼってみたいと考えている。

「あっ、おちかちゃん」

お咲希が友達を見つけた。おちかと呼ばれた女の子が立ちどまり、さっと振り向く。

「じゃあね、父上」

佐之助の手を離し、駆けてゆく。おちかは笑みを浮かべてお咲希を待っている。おちかのもとに駆け寄ったお咲希が振り返り、手を振ってきた。佐之助は振り返した。お咲希とおちかが風呂敷包みを持ち直し、走りはじめた。あのまま一気に手習所まで駆けるつもりなのだろう。最初の角を曲がり、二人の姿はあっという間に見えなくなった。

佐之助は、お咲希たちが曲がった角まで来た。お咲希たちとは逆の方角に折れ、小石川のほうに歩を進める。

足をとめたのは、小石川大塚《おおつか》町の煮売り酒屋の前である。建物の横に張りだした看板には『百代《ひゃくだい》』と墨書されている。風雨にさらされ、文字は読みにくくなっているが、書き直そうという気はあるじにはないようだ。この名は、あるじが百代もこの店が続いたらいい、と思って名づけたときいているが、おそらく一代限りだろう。間口一間の店は閉まっており、暖簾もはずされている。まだ刻限が早いこともあり、仕込みも行っていないようだ。佐之助は二階を見あげた。窓は閉まっている。男物ばかりの洗濯物が欄干《らんかん》に干され、冷たい風に寒そうに揺れていた。

「九郎造《くろぞう》」

佐之助は二階に向けて声を放った。応《いら》えはない。佐之助はさらに二度、呼ばわった。ようやく返事があり、窓があいて、見覚えのある男が顔をのぞかせた。近目のせいで、目を細めてこちらを見ている。九郎造ではなく、黒造といわれるほど、色が黒い。

「その声はもしや倉田さんかい」

「そうだ。あがってもよいか」

「ああ、もちろんさ。あいてるよ」

佐之助は、煮売り酒屋の戸を横に滑らせた。建て付けはよくないが、あまり力を必要としなかった。四畳ばかりの土間の左側に、急な階段がある。

階段をのぼりきると、廊下に出た。左側の部屋の腰高障子があいており、そこから九郎造が上体を乗りだしていた。

「珍しいね」

九郎造が部屋に入るようにいざなう。佐之助は敷居を越え、畳に座った。

「座布団もなくて、済まんね」

「かまわぬ」

九郎造がしげしげと見る。

「それにしても、久しぶりだね。一年ぶりくらいかな。うーん、倉田さん、ずいぶん変わったね。なにか憑き物《つきもの》が落ちたみたいに穏やかな顔をしている。裏側にある厳しさは前のままだけど」

「おぬしは前と変わらぬな。相変わらずいやしい顔つきだ」

「またあ、そんなことをいう。倉田さん、口が悪いのは変わってないね」

九郎造が口をとがらせる。

「倉田さん、今なにをしているんだい」

「日傭取りだ」

「えっ、嘘でしょう」

目を大きく見ひらく。

「いや、嘘じゃないみたいだな。じゃあ、もう裏街道は歩いていないってことかい」

「ああ、そうだ。おぬしにもだいぶ世話になったが、今は日の当たるところを歩ける身分になった」

九郎造が不思議そうにする。

「それは、番所にも追われていないってことかい」

「まあ、そうだ。詳しいことはいずれ話すが、将軍直々に許しを得た」

「ええっ。将軍て、千代田城にいらっしゃる上さまのことだよね」

「この世に将軍と呼ばれる者は、ほかにおるまい」

「いったいどうしてそんなことに」

いいながらも、すぐに心当たりがある顔つきになった。

「この前、千代田城が燃やされたことがあったね。そのとき上さまの御身が危うかったという噂が流れたけど、もしやそのとき倉田さま、なにか活躍したんじゃないのかい。それで天下の大道を歩くことを許された。そういうことじゃないのかい」

「さすがに勘がいい。商売柄といってよいのだろうな」

「へえ、あのときに倉田さん、活躍したのか。見たかったなあ。凄腕って評判だったものねえ。上さまを救ったのは、血が騒いだからかい。元は幕臣というのは本当なんだね。上さまから、なにかご褒美はいただいたのかい」

「こうして自由の身となった」

「ふむ、なるほど。だから憑き物が落ちたのか。いや、それだけじゃないね。倉田さん、女がいるね。どうだい、図星だろう」

「そんなことはどうでもよい。ときがあまりないんだ」

「ああ、これは失礼したね。だから、わざわざうちに来たんだよなあ。わしの顔を見に来たなんてことはないよねえ」

「息災にしているか、ずっと気になっていたさ。こうして元気な顔を見られて、うれしくてならぬ。昔なじみの顔を見るのは、やはりよいものだ」

うへへ、と九郎造が相好を崩す。

「倉田さんにそんなことをいわれると、心がくすぐられるねえ。頬がゆるんじまうよ。それで倉田さん、ほしい物はなんだい」

「ここ五年以内に江戸で起きた火事の一覧だ。ぼや程度のものも載っているのが必要だが、川向こうのものはいらぬ」

直之進によれば、大川の向こう側である本所、深川界隈は、琢ノ介の担当ということになっている。

「五年以内ねえ……」

九郎造が天井を見あげる。

「しかも川向こうはいらないか。そうさね、いま手に入るのは、二ヶ月前の火事までしか載っていないものだけど――」

「うむ、それでよい」

「川向こうの火事も入ってしまっているかもしれないな」

「それはそれでよい」

もし琢ノ介に会うことがあれば、その部分を渡せば済む。きっと喜ぶだろう。

「じゃあ、すぐに手配するよ」

「いつ手に入る」

「倉田さん、急ぐんだったね。そうさね、四半刻ばかりいただこうかな」

「わかった。四半刻後に取りに来る」

「合点承知。代は急ぎ賃も合わせて五両だけど、いいかい」

「わかった。前金だったたな」

「倉田さんなら後金でもいいんだけど、前金のほうが商売していて後腐れがないもんで」

へへ、と九郎造が笑う。佐之助は懐から財布を取りだし、五枚の小判を抜き取った。それを扇のようにひらいて、畳に置く。ありがとうございます、と九郎造が拾いあげる。

「倉田さん、相変わらず羽振りがいい。日傭取りで五両は稼げないよね」

「これは昔の汚い商売で稼いだものだ」

「倉田さん、どうやら昔の商売に戻るつもりは、もうないようだね。それにしても、火事の一覧なんてなにに使うんだい」

九郎造がこつんと自らの頭を叩いた。

「おっと、つまらねえこと、きいちまった。わしも耄碌《もうろく》したもんだ。お客のすることに興味を持たねえってのが、暗黙の掟《おきて》だっていうのに」

「気にするな」

佐之助は立ちあがった。

「では、四半刻後に来る」

九郎造は下の煮売り酒屋で待っていた。

「これでいいかい」

けっこう厚みのある紙の束を差しだしてきた。佐之助は受け取り、ぱらぱらとめくった。火事について、一件一件、詳しく記されている。

「文句なしだ」

九郎造が鼻の下を人さし指でこする。

「そういってもらえると、こういう商売をしていてよかったと思えるね」

佐之助は、このあたりで起きた火事の記述を探した。小石川もかなりの数だ。手近の火事から調べてゆくつもりでいる。

「煮売り酒屋のほうはどうだ。景気はよいか」

火事がどこの町で起きたか、次々に頭に叩きこみつつたずねた。

「とんとんだね。お客におごったり、自分でもしこたま飲んじまうんで」

「酒はほどほどにしておいたほうが、身のためだ。おまえさんにくたばられたら、こういう有益なものが入手できなくなってしまう。体はいたわってくれ」

「わかったよ。でも安心していいよ。わしはそんなにたやすくくたばりはしないから」

九郎造が黒い顔をほころばせる。

倉田さん、また来ておくれよ。なんでも必要なものは手に入れてみせるから。

わしは
「その気持ちは、この上なくうれしい。また必要なものができたら、おまえさんを必ず頼る」

「きっとだよ。その火事の一覧、役に立ちそうかい」

「必ず立つ」

佐之助は断じた。

「それをきいて安心したよ」

「ではな」

佐之助は『百代』をあとにした。背中に視線を感じて振り返ると、戸口から黒い顔が見送っていた。お咲希のように手を振ってくる。佐之助は深いうなずきを返した。九郎造が破顔したのを確かめてから前を向き、目当ての場所に急ぐ。

着いたのは小石川大塚坂下《さかした》町である。『百代』のある大塚町からは、全力で走ってても汗をかくほど離れてもいない。

佐之助はさっそく三年前の火事について、聞き込みをはじめた。十五軒ばかりを焼いて、三人の死者をだした火事のことは町内の誰もが覚えていたが、おしず、こうきちという母子らしい二人の名を知っている者は、一人としていなかった。ここはちがう、と判断し、大塚坂下町の火事の記述を矢立《やたて》の筆で塗り潰した。

佐之助は次の町にすぐさま移った。

やってきたのは、小石川春日《かすが》町である。ここでは四年前に三十軒を超す家を焼く大火があった。佐之助は出会う町人に話をきいていったが、ここもちがった。

この調子で佐之助は次々と火事のあった町を当たっていった。だが、なかなかおしずとこうきちの二人と関係ありそうな火事にはぶつからない。火事の一覧が墨で塗り潰されてゆく。

むっ。

次の目当ての町に着き、佐之助は聞き込みに入ろうとした。そのとき、かすかな視線を感じた。勘ちがいなどではない。誰かが確かに見つめていた。佐之助は、昨夜の直之進の言葉を思いだした。相当の遣い手につけられたといっていた。これがそうなのか。気配を嗅いだのはほんの一瞬にすぎなかったが、伝わってきたものは、確かに手練のそれだった。

つまりは昨夜、直之進は音羽町の甚右衛門店まで、この手練を連れてきたことになる。そうでなければ、こちらがつけられる理由がない。だからといって、直之進のことを迂闊《うかつ》とは責められない。こちらだってまったく気づかなかったのだ。探索に夢中になっていたことなど、いいわけにはならない。

誘ってみるか、と佐之助は決意した。又太郎亡きあと、房興を擁立しようとする者たちが、ご落胤に導いてくれることを期待してこちらを尾行しているのだろうが、とにかく正体を暴かねば、気持ちがすっきりとしない。きっと今も、どこからかこちらを見ているにちがいない。

誘うにしても、どういう手立てを取ればよいか。昨夜、直之進は闇のなかで誘ってみたものの、しくじったといっていた。直之進に空振りを食わせるなど、やはり相当の遣い手なのは疑いようがない。

佐之助は、道の向こうから十人ばかりのやくざ者がやってくるのを目にした。道一杯に広がり、いずれの男も肩で風を切って歩いている。なにもしていない町人を怒鳴りつけたり、隅に寄った行商人を小突いたり、娘っ子の尻を触ったり、売り物の大福や饅頭を店頭からかすめ取ったりしている。いかにも怖いものなしの、やりたい放題だ。佐之助はぶらぶらとそちらに歩いていった。一人のやくざ者とまともに肩がぶつかった。佐之助はそのまま行きすぎようとした。

「てめえ、待ちやがれ」

やくざ者が佐之助の肩をがちっとつかんだ。

「ぶつかっておいて、なんの挨拶もなしか」

「なにか用か」

佐之助は無表情にいった。

「なにか用かじゃねえ。人にぶつかっておいて、その口のきき方はなんだ」

いきなり殴りつけてきた。かわすのは造作もなかったが、あえて拳を受けた。がつ、と音がして頬の骨がきしんだが、佐之助はよろけもしなかった。その場にすっくと立っている。拳がひどく痛んだようだが、やくざ者はその素振りを見せずに強気を装った。

「どうだ、なめた真似をすると、こういう目に遭うんだ。わかったか」

ぺっ、と唾を吐きかけようとした。その瞬間、佐之助は動いた。やくざ者の横に出て、いかにももろそうな顎に拳を見舞った。やくざ者は膝から崩れ、地面に顔を打ちつけた。気絶している。野郎っ、てめえっ。他のやくざどもが怒号し、すぐ近くにいた一人が拳を振りおろしてきた。佐之助は軽々とよけ、男の下腹に蹴りを入れた。男がぐっ、とうなって股間を押さえ、道にうずくまって苦しがる。

てめえっ、と怒号してやくざたちが匕首を抜いた。一人が突っこんできた。佐之助は、横に振られた匕首をかわし、男の顔を肘《ひじ》で打った。男の体から力が抜け、ぐにゃりと地面に横たわる。

佐之助は、尾行者がどこからか見ているはずだと思い、襲いかかろうとしているやくざ者を見やるふりをして、あたりに集まっている野次馬たちに、それとなく目を向けた。だが、それらしい者は視野に入ってこない。やくざ者が次々に匕首を振りかざし、突進してくる。佐之助は容赦なく叩きのめしつつ、尾行者がいないか、さらに目で捜した。

――いた。

深編笠《ふかあみがさ》をかぶって、こちらをじっと見ている者がそうではないか。侍であろう。

佐之助に覚られたことに気づいたか、深編笠がくるりと反対を向いた。その場を足早に立ち去ろうとしている。佐之助は、匕首を手に迫ってきたやくざ者を三人、立て続けに殴りつけるや、地面を蹴った。深編笠を見失うわけにはいかない。

「野郎っ、待ちやがれ」

やくざたちが怒鳴り、追ってきた。佐之助は、深編笠の侍が路地を曲がったのを見た。その路地をめがけて足を速める。一足飛びに路地に駆けこんだ。路地は、五間ほどで小さな寺の塀に突き当たって終わっていた。だが、そこに深編笠の侍の姿はなかった。

ちっ。佐之助は舌打ちした。読まれていたか。

どど、どど、という足音が耳を打つ。やくざ者が佐之助に向かって殺到してきた。

「覚悟しやがれっ」

姿勢を低くした佐之助は、突きだされた匕首を避けもせず、腕を伸ばした。拳がまともにやくざ者の鼻をとらえ、ぐしゃっという感触が伝わってきた。鼻血を噴きだして、やくざ者が地面に崩れ落ちる。

ひるむことなく四人のやくざ者が匕首とともに突っこんできた。佐之助は四度、手刀を振るった。四度とも、十分な手応えが伝わってきた。

形ばかり襟元を直して、佐之助は路地を出た。背後では、数人のやくざ者が悶絶していた。

四

富士太郎に頼まない手はないのではないか。

直之進に、そういう気がなかったといえば嘘になる。なにしろ、富士太郎は人別帳を見られる立場にあるのだから。しかも、町々に触れをだすこともできる。おしず、こうきちという二人がいないか、富士太郎を通じて町奉行所に江戸中に触れをだしてもらえば、さしてときをかけることなく、二人の居場所は割れるのではないか。そんな期待は十分すぎるほどにあった。

だが、富士太郎に頼むのは気が引けた。沼里家中の私的な仕事だというのに、御上の権威を笠に着るというのはいいすぎかもしれないが、とにかく公務を利用させてもらうことになるのだ。

直之進には、富士太郎に依頼するのは筋ではない、という気がした。ご落胤を捜しだすのに手段を選ばない性格なら、富士太郎の力を利用させてもらうのになんの躊躇もしないのだろうが、自分はそういうたちではない。

房興擁立派もご落胤を捜しているとなれば、一刻を争う事態であり、富士太郎に頼むべきではないかという気になりかけるが、やはりどこかためらうものがある。富士太郎が直之進たちのご落胤捜しを知れば、もう水くさいですよ、と頰をふくらませるにちがいなかったが、自分たちの力でなんとかするしかないと直之進は心に決めている。

今は、大橋民部から手渡された、又太郎がなじみにしていた料理屋や料亭、煮売り酒屋、矢場などの一覧を手に、一人、町をめぐり歩いている最中である。まだ午前中ではあるが、今のところおしず、こうきちという二人につながる手がかりは得ていない。

料理屋などはもっと遅い時間でないと話をきけないかとの危惧があったが、実際にはどの店も掃除をしたり、仕込みをはじめていたりと、すんなり奉公人や主人に会うことができた。この分なら、佐之助がいっていたように、意外に早く二人を見つけられるかもしれない。

昨夜は佐之助と別れたあと米田屋に戻り、おきくの心尽くしの夕餉をとった。それから湯屋に行って、汚れてはいたものの湯に浸かり、旅の疲れを取った。再び米田屋に戻り、よく日に当てられた布団に体を横たえた。それが夜の四つ頃のことだ。

直之進は眠りについた直後におきくに起こされたと感じたのだが、驚いたことに、とうに夜は明けており、六つ半をすぎていた。眠った気はほとんどしなかったが、疲れは取れており、気分はすっきりしていた。朝餉が支度されていて、直之進は皆と一緒に箸を取った。昨夜、直之進と同様に米田屋に泊まっていた琢ノ介は相変わらず朝からすごい食べっぷりを見せて、直之進を驚かせた。

朝餉を終え、直之進は琢ノ介とともに米田屋を出ようとしたが、そのときに一《ひと》悶着《もんちゃく》あった。いきなり光右衛門が直之進の手伝いをするといいだしたのだ。

直之進は、光右衛門に本業こそが大事であることをじっくりといいきかせたのだが、光右衛門は、自分は根っからの江戸っ子で地理にも詳しいから必ずお役に立てます、といい張った。どうしても又太郎さまのお役に立ちたいのですよ、と今にも涙をこぼしそうな顔で告げたのである。

ここまでいわれて直之進の心は動いたが、それを見透かしたようにおきくとおれん、おあきの三人が、おとっつあん、湯瀬さまに無理を申しあげては駄目よ、祥吉だってあきらめたのだから、と諭《さと》したのだ。

それだけでなく、米田屋、おぬしがすべきことはこの商売を守ることだ、と琢ノ介までもがまじめな顔で話してきかせたのである。おぬしの商売がうまくまわってわしらにうまい食事を供せるから、わしらも思い通りに力を発揮できるのだ。おぬしが本業を怠って、もし米田屋が傾くようなことになれば、わしらは腹ごしらえもまともにできなくなり、存分に働くことがかなわなくなる。それゆえ今はこらえてほしい。

光右衛門は少し悲しげな顔をしたが、つまりわしには裏方に徹してくれといわれるのですな、とつぶやいた。うむ、そうしてくれるとまことにありがたい、そうであればこそ、わしらは後顧《こうこ》の憂《うれ》いなく働けるのだ。

こういうやりとりがあって、ようやく光右衛門は直之進に同道することを断念したのである。それにしても、道理をわきまえているはずの光右衛門までもが、そこまでいうとは思わなかった。又太郎がいかに敬愛されているか、直之進はあらためて思い知った。

少し息を入れた直之進は、又太郎のなじみの料理屋などの聞き込みを続行した。そうしているうちに、いつしか沼里の上屋敷近くまで来ていた。

今いるのは神田駿河台《するがだい》である。このあたりは武家屋敷が立ち並んでいるが、猫の額ほどのわずかな町地に高級な料理屋が武家屋敷に紛れるように建っていたりする。

ここからだと、上屋敷のある小川町はすぐである。又太郎のことで沼里からなにか新しい知らせが入っていないか、安芝菱五郎にきいておきたかった。それに、直之進が沼里から江戸に戻ってきたことも、伝えておかねばならない。

小川町に足を踏み入れた直之進は、上屋敷の長屋門の前に立った。門番に名と身分を伝え、来意を告げた。門番は直之進のことを覚えており、すぐさま門をくぐらせてくれた。

客間に通された直之進は、上屋敷内の常でしばらく待たされることを覚悟したが、案に相違して、茶が冷める間もない素早さで菱五郎がやってきて、向かいにせかせかと正座した。

「おう、直之進。ずいぶんと早い戻りだったな。最初、名を告げられたときは、聞き間違えかと思ったぞ」

菱五郎が身を乗りだしてきた。

「殿のご容体は」

それをきいて、直之進は落胆した。

「では、新たな知らせはなにも入っていないのですね」

「ああ、少なくともわしは殿が昏睡されているということしか知らぬ」

直之進はうなずいた。

「それがしも同じです」

そうか、と菱五郎が沈鬱《ちんうつ》な表情を見せた。目を閉じ、ため息をつく。直之進は腰をわずかにあげ、口を菱五郎の耳に近づけた。その気配を覚って、菱五郎が目をひらいた。

「ご落胤の話は伝わってきていますか」

「ご落胤だって」

一瞬、声が高くなりかけたが、気づいて菱五郎が低くした。

「もしや殿のご落胤が、江戸にいらっしゃるのか。直之進は、お会いするために早く戻ってきたのか」

「会うためというより、捜すためです」

「そうか。居場所はわかっておらぬのか。どういう経緯でご落胤の話が知れた」

直之進は、沼里で半鐘が鳴ったとき、又太郎がうわごとのように二人の名をつぶやいたことを伝えた。

「ふむ、それがおしずとこうきちか。これだけではご落胤であるとはいいきれるものではないが、殿は火事が大好きであられる。火事で人助けをされたこともあったときく。ふむ、火事でそのおしずという女性と知り合い、結果としてご落胤が、ということは十分に考えられるな」

「はい、その通りです」

「直之進、今まさにご落胤捜しの真っ最中か。なにを手がかりに調べている」

直之進は懐から紙を取りだし、これがなんであるか説明した。

「ほう、殿のなじみの店の一覧か。いったい誰がこんなことを調べたんだ。ああ、もしや国家老の大橋さまか。跡を継がれる前に、殿の人となりを知りたかったわけだな」

菱五郎が手に取り、ぱらぱらとめくる。

「ほう、こいつはずいぶんとあるものだ。二百はくだらぬのではないか」

「三百に十ばかり足りぬだけでした」

「そいつはすごい。さすがに殿だ。この精力は見習わなければならんな」

菱五郎がじっと紙を見る。

「安芝さま、まさか覚えようとしているのではありませぬか」

「そのまさかよ」

「覚えられるのですか」

「三百足らずならなんとかなろう」

「そいつはすごい」

「直之進はできぬか」

「はい、無理です。だが安芝さま、どうして覚える必要があるのですか」

「わからぬか」

きかれて、直之進は首をひねった。菱五郎が紙から目をあげ、直之進をちらりと見た。

「ふむ、わからぬようだな。わしも直之進の手伝いをしたいのは山々だが、探索の仕事などしたことがないゆえ、まず役に立たぬ。それでも、なにか急なことが起きて、おぬしに伝えなければならぬとき、直之進が今どのあたりにいるのか、この紙の記載を覚えておけば、見当がつこう。さすれば、直之進にその急な知らせをすぐさま伝えることができるというわけだ。どうだ、このほうがいろいろと便利がよいであろう」

「はい、まさにおっしゃる通りです」

その後、しばらく菱五郎は紙を見つめていたが、よし、これなら大丈夫であろう、といって深く顎を引いた。紙を返してきた。

「直之進がどういうふうに動くか、それもわかった。どの刻限にどこにいようと、わしは必ずおぬしのもとに行き着いてみせよう」

これからご落胤捜しに全力を尽くす旨を告げ、直之進は菱五郎の前を辞した。

上屋敷の門を出て、寒風の吹く路上で足をとめた。しみじみと紙を眺めた。これらすべてを覚えられるとは、安芸菱五郎という男はすごいとしかいいようがない。

料理屋や料亭、煮売り酒屋、矢場などを再び当たるために、直之進は歩きはじめた。これまでもそうしていたが、これからもこの紙に記されていなくても、気にかかった店には必ず入り、話をきくつもりでいる。

上屋敷からほんの二町進んだとき、直之進はうしろから強い視線を感じた。昨夜の手練か、と緊張したが、黙って歩き進んでいるうちに、ちがうのではないか、という気がしはじめた。背後からの視線はねっとりといやな感じで、まちがいなく房興擁立派の者であろうと思いはしたものの、昨日とは気配が異なる。

単に尾行者が交代したということにすぎないのだろうが、昨日の手練はどうしたのか。もしや佐之助についたのではないだろうな。そうではないかという気がしてならない。

尾行者に今頃、佐之助は気づいているだろう。湯瀬のやつめ、俺のところに連れてくるなどまったくへまをしおって、と怒っているかもしれない。

それにしても、午前中は尾行者の気配はなかった。それが今こうして張りついたのに気づいたということは、それまで尾行はされていなかったのだろう。上屋敷が張られていたにちがいない。

昨夜は多分、米田屋が張られていたのではないか、という気がするが、どうして今日は上屋敷なのか。なにか妙な気分だ。

しかも、昨夜の尾行者は一人だったのに、今日は何人かついている。

とにかく尾行者を張りつけたまま、聞き込みをするわけにはいかない。さてどうするか、と直之進は考えた。すでにだいたいの見当はついてはいるが、尾行者がどの程度の腕か、まず計ってみることにした。

歩きつつ、うしろの気配をあらためて探ってみた。拍子抜けした。さっと振り向けば、そこにいるのがわかりそうなほど、幼稚な尾行でしかないのだ。

明らかに、たいした腕の者はいない。昨夜の者とは、あまりに腕がちがう。おそらく若い者ばかりなのではないか。

尾行者がこんな未熟な者に交代したのは、俺などこの程度で十分と思われたということか。正直、あまりいい気はしない。

とにかくこの程度の腕の者しかいないのならば、どうするもなにもない。策など必要なかった。直之進はだっと駆けだした。うしろの者たちがあわてふためいた気配が伝わる。

路地を二つ曲がり、細い水路を飛び越えたら、尾行者の気配はあっさりと消えた。まとわりついた蠅がいなくなったようで、すっきりした。

軽く息をつき、直之進は足早に歩きだした。

第四章

一

房興のいる庵平寺は、臨済宗の寺である。

臨済宗は禅宗だから、座禅を行う。

この寺の本堂に檀家が集まって座禅が行われることもあり、そのとき房興は皆と一緒になって結跏趺坐《けっかふざ》し、目を半眼《はんがん》にする。だが、いつもは離れの寝間としている部屋の真ん中で行う。

今宵もそうだ。明かりを消して六畳間に陣取り、半分だけ目をあけている。

座禅はいつ行ってもかまわないのだろうが、この寺では、夜明け前の冷涼《れいりょう》ですがすがしい大気のなかで行われる。

房興は夜、精神を統一してからのほうが眠りにつきやすいのがわかり、床につく前に行うのが習慣となっている。

沼里の夜も静かだったが、ここ河津とはくらべものにならない。舞い落ちた木の葉が地面に触れる音すらきこえてきそうで、座禅をするにはとても都合がよい。

座禅はよいものだが、長い時間はやらないようにしている。せいぜい四半刻ばかりだ。やりすぎると、逆に目が冴えて眠れなくなってしまう。

雑念を排し、なにも考えない。だが、やはりそれはむずかしい。さまざまなことが頭に浮かぶ。

今はどうしても川藤仁埜丞のことだ。

どうしているのだろう。うまくやってくれればよいが。いや、仁埜丞のことだ。きっと大丈夫だろう。自分が江戸へ行ければ最もよいのだが、それはできない。河津を離れるわけにはいかないのだ。

そうである以上、すべてを仁埜丞にまかせるしかない。大船に乗った気分でいればよいのだ。こちらができることは、仁埜丞に路銀《ろぎん》をだすことだけだった。

きっと、うまく計ってくれよう。上々の首尾《しゆび》になることを房興はひたすら祈った。

正直、妻女を失ったばかりの男にこんな面倒を頼んでよいものか迷ったが、仁埜丞は笑みを浮かべて快諾してくれた。

それがし、殿には返しきれぬご恩を受けております。このご恩を少しでもお返しせぬと、香苗に叱られましょう。おまかせください。必ず殿のご期待にお応えしてみせます。

力強い口調でいってくれた。

信じるしかないのだ。

半眼のまま、房興は自らにいいきかせた。

座禅を終えた。だが、目はぎらぎらして闇夜を射抜けるほどだ。房興は座禅を続けることにした。

無念無想を目指したが、無我《むが》の境地などほど遠い。危篤中の兄のこと、生まれてからずっと暮らし続けた沼里のこと、沼里で暮らす母雅代《まさよ》のこと、沼里に帰国するたびにかわいがってくれた父誠興のことなどが次々に心のうちに這いのぼってくる。

それだけでなく、沼里にいるときに何度か顔を合わせて心ときめかせた名も知らぬ少女、ここ庵平寺にときおり参詣してくる美しい母娘《おやこ》のことも気持ちをかき乱す。

人というのは、まさに煩悩《ぼんのう》のかたまりだと思う。

あの母娘はいったいどういう素性なのか。身なりはよい。歳は三十半ばと二十歳くらいか。最初は歳の離れた姉妹かと思ったが、寺男の岩造によれば、母と娘とのことだ。

岩造もあの母娘のことは詳しくは知らない様子だが、どうやら河津に湯治に来ているのではないか、ということだ。言葉は江戸のものらしい。

湯治という割に、二人の顔色はつやつやして、病の翳など見えない。もし重い病なら、この寺にたどりつくまでの長い階段ものぼれぬのではないかと思うが、あの二人は悠々とやってくる。大店の女将《おかみ》と箱入娘かもしれぬ、とにらんではいるものの、果たしてそういう店の者が江戸から二人きりで河津まで来るだろうか。

それとも、二人というわけではなく、供の者が一緒なのだろうか。この寺に参詣にくるとき供の者は遠慮して、階段の下で待っているのだろうか。

二人はいつも本堂の賽銭箱《さいせんばこ》に賽銭を投げ、目を閉じて、手を合わせる。かなり長いあいだ祈ってから、二人は申し合わせたように目をひらき、帰ってゆく。

それでも、ここ五日ばかり、姿を見ていない。あるいは、もう江戸に帰ったのかもしれない。

江戸か、と房興は思った。

元留守居役だけに、仁埜丞は江戸の地理には詳しいといっていた。ちょうどよいことに、河津から江戸に行く便船があった。それに仁埜丞は乗りこんだのである。歩くよりずっと早く江戸に着いたにちがいない。

自分は江戸のことなどまったく知らない。果たして訪れる日がくるのだろうか。ずっとこの地で暮らし、老いてゆくのか。

まだ十七だ。あとどれだけの年月を、この湯治場ですごすことになるのだろう。

抑えつけていたものが頭をもたげ、叫びだしそうになる。

これでは、いったいなんのための座禅なのか。

心は惑いに惑っている。

静寂を引き裂いて、いきなり半鐘が鳴りはじめた。房興は目をあけた。河津に来てからこの音をきくのは何度目になるのか。房興は立ちあがった。兄譲りなのか、それとも一族の血のなせる業なのか、火事となると、心が躍ってどうしようもなくなる。

房興は離れの外に出て、真っ暗な境内を山門へと走った。

提灯を手にした先客がいた。寺男の岩造である。

「海に近いほうが燃えていますね」

厳しい目をしていう。確かに湊《みなと》のそばと思える場所から火の手があがり、あたりを橙色に染めていた。半鐘は激しく鳴り続けている。ここからだと五町は優にあるだろうが、右往左往している者たちの姿が見えるようだ。

「あれは、湊屋さんかもしれないですね」

湊屋といえば、船頭や水夫《かこ》などが主な客である。宿に温泉は湧いているが、湯治客はほとんどいない。

岩造がちらりと房興を見た。

「行かれますか」

「かまわぬか」

「もちろんです。手前にお止めすることはできません」

房興は、差しだされた提灯を手にした。

「では、行ってまいる」

提灯の明かりを頼りに長い階段を降りる。足を滑らせないように注意する。火事見物をするために怪我をしたりしたら、それはとんでもない愚か者だろう。それにしても、どうして火事となると、こんなに血が騒ぐのか。兄の又太郎も火事は大好きで、人を助けだしたこともあるときいた。すごい話だ。自分にはとても真似はできない。

階段を降りた房興は道を駆けはじめた。

火事場に近づくにつれ、野次馬の数が一気に多くなった。狭い道で押し合いへし合いして、前に進めなくなった。土地の者だけでなく、自前の浴衣を着た湯治客の姿が目立つ。木の焦げるにおいがだいぶきつい。

房興は路地を折れ、別の道に出た。こちらも無人ではないが、先ほどの道ほど混んでいない。風向きもあるのか、焦げ臭さもだいぶ薄れている。

火事場に近づいてゆくと、熱気が渦巻いてきた。頰と額がひどく熱い。煙がときおり吹きつけてきて、目にしみた。咳払いが至るところからきこえてきた。

危ねえぜっ、どいてくんな。鳶口《とびぐち》を手にした男たちが、足音を馬蹄のように響かせて目の前を駆け抜けてゆく。

怒号が飛びかい、悲鳴が交錯する。さらに行くと、またも野次馬がぐっと増えてきた。土地の人が出て、これ以上、野次馬が前に進めないように人垣をつくっていた。夜空を赤々と炎が染めている。そのなかを太い煙が幾筋もあがってゆく。

火事場までまだ一町近くはあるだろうが、熱気のせいで汗が噴きだしてきた。煙もすごい。火の手が強まり、こちらに火がやってくるのではないか、と房興は危惧を抱いた。

いきなり、建物が崩れ落ちる音が響いてきた。その音に、うしろに下がる野次馬と前に進もうとする野次馬が押し合う。人々が怒鳴り合い、喧嘩《けんか》のような声も響いてきた。戦場さながらの騒々しさだ。

房興はこれ以上、進むことはあきらめた。横の狭い路地に入る。ほっと息をついた。ここには数人の野次馬がたむろしているだけだ。いずれも休憩している。

そのなかで房興は、そろいの浴衣を着た二人の女が、土地の者が出しっ放しにしている縁台にへたりこんでいるのを見た。二人は見覚えのある顔をしている。

「大丈夫かな」

静かに近づき、房興は声をかけた。二人が驚いたように顔をあげた。房興を侍と見て取って、縁台からあわてて腰をあげようとする。房興はそれを制した。二人がほっとしたように座り直す。

「大丈夫かな」

房興はあらためてきいた。

「火にやられたというようなことはないか」

二人がそっくりの笑みをつくる。

「はい、大丈夫です。おっかさんのほうが少し疲れてしまって」

娘のほうが張りのある声をだした。

「二人で火事場見物に来たのか。わしはそうだが」

「はい。あの、あまり大きな声ではいえないのですけど、私は火事が好きなもので」

「ほう、気が合うな。わしも大好きだ。そなたら、江戸から来たのか」

「はい。おわかりになりますか」

「うむ。わしはそなたらを知っておる。わしの寺で何度か見かけているゆえ。いや、わしの寺ではないな。わしが暮らしている寺だ。庵平寺よ」

「ああ」

二人とも納得したような声を発した。庵平寺が沼里からの流人を預かっていることは、耳にしている様子だ。

　さっき建物が崩れ落ちてから、あたりが急速に静かになり、夜がいつもの静寂を取り戻そうとしている。熱気もおさまってきており、汗が静かに引いてゆく。夜気が冷たく感じられてきた。道を行く野次馬たちの顔からは興奮の色が失《う》せ、少しだるそうにぞろぞろと火事場から離れる動きを見せていた。

「どうやら鎮火したようだな。そなたらは、二人で湯治に来ているのか」

　二人がかぶりを振る。娘が答えた。

「祖父と来ています」

「病か」

「はい、肝の臓が悪いのです。ここのお湯がいいときいたので、湯治にまいったのです」

「効用はあるか」

「はい、だいぶ顔色がよくなってきました。とてもよく効くお湯だと思います」

「それはよかった。祖父どのは、いま宿でお一人か」

「いえ、祖母も一緒です」

「では、ここには四人で来たのか」

「はい。辰巳屋《たつみや》さんに泊まっています」

「あそこはよい宿のようだな。この町では一番だ。部屋は広いし、湯もとてもよいときいている。腕のよい板前がいて、食事もおいしいらしいな」

「はい、とても」

二人が顔をほころばせる。

「そなたらの家は、なにか商売をしているのか」

「はい、雑穀《ざっこく》を扱っています」

「雑穀というと、大豆などか」

「はい、さようです。豆類を主に扱っています」

「大店なのか」

「いいえ、そんな店ではありません。奉公人は丁稚《でっち》を入れて、六人いるだけですから」

「だが、商売は順調のようだな」

「はい、おかげさまで。なにしろお得意さまに恵まれていますので」

「そうか。得意先がよいのは、そなたらの人柄や心がけがよいからであろう。二人して庵平寺にお参りに来ていたのは、病平癒《やまいへいゆ》を祈るためか」

「はい、祖父の病を治してくださいますように、とおっかさんと二人、祈っていました。それと、祖父には申しわけないのですけど、あのお寺からの景色がとてもよいと宿の人からきいたものですから、一度是非とも見たいと思っていたのです。そうしたら、本当に雄大なよい景色で胸が高鳴りました。海の向こうまで見通せて、江戸まで見えるんじゃないかと思いました」

娘が生き生きと話す。

「そなた、高いところが好きか」

「はい、大好きです」

「最近、寺に見えぬようだが、あの景色に飽きたのか」

「とんでもない。明日、また行こうと思っています」

「それが多分、見納めになると思います」

それまで黙っていた母親が口をひらいた。

「では、江戸に帰るのか」

「はい、父もよくなりましたから。ちょうど明日の昼前に出る船がありますので、それに乗ります」

「そうか」

それは残念だ、という言葉はのみこんだ。

「この娘《こ》もようやく嫁に行くことが決まりまして、こうして四人で旅に来られたことがよい思い出になったことでしょう」

そうか、嫁に行くのか、と房興は思った。もともと手の届く女ではなかったのだ。この地からいなくなってしまえば、きっとすぐに忘れられよう。

「婿《むこ》になる者がうらやましいな」

「いえ、不出来な娘ですから、先さまに申しわけなく思っております」

「そんなことはない」

きっぱりといって、房興はまわりを見渡した。熱気は、もはやほとんど感じられず、野次馬の姿もすっかり消えていた。先ほどまでこの路地にいた者もいなくなっていた。目に映るのは、火事の後始末なのか、御用で出ている者と火消したちだけである。

「どうやら火事はすっかり収まったようだ。風も冷たくなってきた。宿に戻ったほうがよかろう。祖父母も案じているぞ」

「はい、そうします」

「わしも寺に戻る。では、これでな。二人とも息災《そくさい》にすごせ」

「房興さまも」

房興は体ごと振り返った。

「わしの名を知っていたか」

「はい、お寺の方からうかがいました」

「そなたらの名をきいてもよいか」

はい、と娘がためらいなくうなずく。母親がちよ、娘がりん、とのことだ。

「うむ、おちよどのにおりんどのか。二人ともよい名だ」

「おほめいただき、ありがとうございます」

「では、これでな。――ああ、明日、寺で会えたらよいな」

「はい、本当に」

娘がにっこりする。闇のなかというのに、ひどくまぶしい笑顔だ。

ずっと見ていたかったが、振り切るように房興はきびすを返した。もっと話をしていたかったが、これ以上一緒にいると、本気で惚れてしまいそうだ。嫁に行く娘を恋慕してもどうしようもあるまい。むなしさが募《つの》るだけである。

早足で歩きつつ、房興は別のことを考えることにした。脳裏に浮かんできたのは、又太郎のことである。今の娘の代わりというのは兄に申しわけなかったが、ここは容赦を願うしかなかった。

今も容体は変わらないのではないか。なにかよい兆しが見られるのだろうか。よい兆候があれば、どんなにいいだろう。

兄上も、と房興は思った。湯治に来られたらよいのではないか。だがそれも、昏睡している状況では、かなうべくもない。

また先ほどの娘のことが頭のなかに舞い戻ってきた。明日、寺で会えるだろうか。会えるものなら会ってみたい。

顔を見れば未練が募るだけかもしれないが、それでも房興はもう一度会いたかった。

いつまでたっても、二人は姿を見せなかった。ついに湊から江戸行きの船が出るのを、房興は眺めることになった。

約束を破られたような気になったが、二人を責めるつもりはなかった。旅立ちの日というのは、いろいろと支度に手間取り、時間があっという間にすぎてゆくものだ。今日のおちよとおりんの二人も、きっとそういうことなのだろう。

船が見えなくなるまで見送って、房興は離れに戻った。昼間だが、座禅をはじめた。

今日は気分を変え、壁に向かって行ってみたが、いつまでたっても無我の境地には、ほど遠かった。

二

額の汗をぬぐった。

今日は小春日和《こはるびより》で、陽射しが思った以上にきつい。額や首筋、腕の汗を何度も吸って、手ぬぐいはじっとりと湿ってきている。それにしても、侍として生きているときはこんなに汗はかかなかった。市井《しせい》で暮らしはじめて、なにかゆるんだものがあるのだろうか。

今の俺は幸せだ。引き換えにしたものがないわけがない。

佐之助は、九郎造から五両で購《あがな》った江戸の火事の一覧を手に、おしずとこうきちの調べを進めている。

だが、二人の居場所はなかなか見つからない。手がかりもつかめない。

いったい二人はどこにいるのか。

もしや、もう江戸にいないのではないか。そんな気さえしてくる。

もっとも、手にしている厚い紙の一覧には、まだまだ多くの火事が記されている。

半分以上も残っているのだ。江戸にいないなどという結論をくだすのは、あまりに早すぎる。佐之助は、思っていた以上に自分が短気であることを知った。探索というのは地道であることが当たり前なのに、どうしてかこの調べに関しては性急さを求めている。今のうちにと肌が感じているからか。今日はなぜか、うしろに影がついていないのだ。

理由はわからないが、とにかく手練はついてきていない。

もしや、と思う。手練がこちらに気配を感じさせていないだけかもしれない。だとしたら、腕ははるかに向こうのほうが上ということになる。尾行者の腕は、想像をはるかに超えるものなのではないか。

だが、今はついていないと考えたほうが、佐之助としても動きやすい。それに、俺に気配をいっさい感じさせずにうしろにつける者など、この日《ひ》の本《もと》の国には何人もいないだろうとの思いをぬぐえない。

どうしてついていないのか、という穿鑿《せんさく》はこの際、おいておくことにする。そのほうが仕事はしやすい。尾行者はいないものと決めこんで、佐之助はひたすら調べを進めた。

汗を手の甲でぬぐう。いつしか日が陰ってきていることに気づき、もうそんな刻限なのか、と少なからず驚いた。

このままでは、今日も、おしずとこうきちにたどりつけないのではないか。焦りの汗が背中にねっとりとしみ出してくる。

それだけでなく、少し足に疲れが出ていた。鍛え方が足りぬのか、それとも歳を取ったのか。

どちらにしても、佐之助はおもしろくなかった。また鍛え直せば、なんとかなるだろうか。それにしても、これくらいで疲れが出てしまうなど、男としてみっともない。もし今は気配を感じない尾行者と戦いになったとき、勝利を得るなど、夢のまた夢なのではないか。

「いたぞ、あそこだ」

「見つけたぜ、あいつだ」

不意に怒声が耳を打った。どどど、といくつもの足音が響き、それが佐之助のそばでとまった。土煙がもうもうとあがる。まわりを取り囲んでいるのは、二十人近い男たちだ。土煙が風に流されると、凄みのある目で男たちがにらみつけていた。

見覚えのある顔が何人かいる。顔に傷を負っている者がほとんどだが、昨日の今日ということで治りきってはいない。

「なんだ、仕返しにでも来たのか」

佐之助は、ずいと肩を怒らせて前に出てきた体の大きな男にきいた。昨日は見なかった顔である。左の眉の下に目立つ傷跡があった。他の一家との出入りでつけた傷なのかもしれない。出入りで傷を負うなど、たいした腕の持ち主ではない。

ふん、と男が鼻を鳴らす。

「そういうところを見ると、こいつらをやったのはおめえでまちがいねえんだな」

「ああ、そうだ。そいつら、あまりに弱くて、驚いたぜ。あんなに弱いくせに、よく天下の大道を歩けたものだ」

くっ、と男たちが顔をゆがめ、なおいっそうにらみつけてくる。

「ずいぶんとでけえ口をきくじゃねえか。ちょっと顔を貸せ」

「おぬしは何者だ」

「こいつらを束ねている者だ」

「親分には見えぬな。若頭といったところだな」

むっとしたようだが、男がすぐにそれを抑えこんだ。

「そんなことはどうでもいい。とっとと顔を貸しやがれ」

「いやだといったら」

「ほう、いやなのか。度胸がねえな」

「怒らせようとしているのなら、無駄だ」

佐之助はせせら笑った。

「きさまらの魂胆なんぞ、見え透いているんだ。どうせ、どこぞに用心棒を用意しているのだろう。ちがうか」

男の眉の傷がわずかに動いた。

「図星《ずぼし》か」

「ここでおめえを叩きのめしてもいいが、素人衆に迷惑をかけるからな」

「昨日、さんざん迷惑をかけていたくせによくいうな。それに、きさまらが俺を叩きのめすなど、夢のまた夢だ。そんなことは、よくわかっているだろう」

佐之助は笑顔を、傷の癒えていないやくざたちに向けた。やくざたちがその笑みを見て顔をこわばらせ、わずかに腰を引いた。

「よかろう。どこでも連れてゆけ」

佐之助は若頭らしき男にいった。探索の邪魔をされるのは業腹《ごうはら》だが、けりをつけておかないと、こういう男たちはいつまでもへばりついてくるだろう。執念深さだけは蛇並みだ。

それに今日のこの出来事は、昨日、手練をおびきだすために、この者たちにちょっかいをだしたつけともいえる。つけは払わなければならないということだろう。

「いい度胸だ」

若頭がせせら笑い、顎をしゃくる。

「ついてこい」

佐之助が二十人ばかりのやくざ者と足を踏み入れたのは、ちっぽけな寺だった。正面に見えているのは能舞台ほどの大きさしかない本堂で、その脇に小屋のような庫裏がある。右手には、三段の階段がついた鐘楼《しょうろう》が建っている。

すべてがこぢんまりとした寺で、境内も、江戸の町なかでよく見かける稲荷神社ほどの広さしかない。子供のためにつくられたのかと見紛《みまが》うばかりの山門は、背をかがめなければくぐれなかった。ぐるりをめぐる塀もずいぶんと低く、たやすく飛び越えられそうだ。

「なんだ、ここは」

佐之助は境内を眺めていった。

「きさまら、いったいここでなにをしようというんだ」

「おめえを叩きのめすのさ」

「無理だと思うがな」

「甘く見るな。昨日のようにはいかねえ」

「それにしても、この狭い寺はなんだ。賭場にでも使っているのか」

若頭から答えはなかった。それが答えになっていた。

「こんな寺で賭場をひらいても、たいして客は来ぬだろう。きさまら、内情はよっぽど苦しいんだな。他の一家に押されて、こんなところに押しこめられたのか」

また眉の傷が動いた。

「これも図星か。俺など相手にしているよりも、態勢を立て直すほうが焦眉《しょうび》の急《きゅう》ではないのか」

「うるせえ、ぐだぐだいうな」

その言葉を合図にして、子分の一人が山門の扉を閉め、それだけ不釣り合いにがっちりとした閂《かんぬき》をおろした。

それを見て、よし、と若頭がいって、本堂に向かって声をかける。

「先生、よろしくお願いします」

本堂の陰から出てきたのは、一本差の浪人者である。歳は、五十をいくつかすぎているのではないか。少しよたよたした歩き方だが、思っていた以上に遣える。このやくざどもにしては、なかなかいい用心棒を見つけたものだ。

背筋を伸ばして、用心棒がやってきた。少しは歩き方がましになり、すたすたと近づいてきた。佐之助は見つめた。用心棒の顔はしわ深く、総髪にした頭は白いものがだいぶまじっている。肩がやせており、骨が着物を持ちあげていた。ただし、胸の肉はずいぶんと厚かった。

「おまえさん、できるな」

用心棒が驚いて目をみはる。

「これはまいったな。しかもいい刀を差しているじゃないか。業物《わざもの》だろう」

「まあな」

ふだん佐之助は脇差のみだが、昨日から腰に差している。

「おぬし、俺のほうが上なのはわかっているだろう。それでもやるのか」

「金をもらっているのでな」

「やめておけ。命まで取るつもりはないが、怪我をするぞ。はした金で怪我をしても、つまらんぞ」

「だが、義理がある。この者たちには、飯を腹一杯食わせてもらったゆえ」

「飯くらい俺だって食わせてやれる」

佐之助がいうと、浪人が視線を下げた。同時に膝を曲げ、腰を沈めた。居合《いあい》だ、と佐之助は直感した。そのときには、刀はすでに下段から振りあげられていた。刀の動きに、まったく躊躇がない。浪人は佐之助を斬り殺そうとしていた。

居合は一太刀目をはずすことが肝心である。一太刀目さえかわしてしまえば、あとは容易だ。佐之助は体を右にひらいた。刀が体をかすめるようにして走ってゆく。

佐之助は浪人に素早く体を寄せ、肘打ちを見舞おうとした。だが、それは浪人が頭を下げて避けた。宙で反転した刀が、左側から佐之助の胴を払いにきた。

佐之助は抜刀し、浪人の刀を峰で受けた。浪人が今度は上段に刀を振りあげた。同時に浪人の足がちがう動きを見せ、佐之助の足の甲を踏みつけようとした。

佐之助は、浪人の刀の動きにつられて目をあげるような真似はしない。浪人の狙いがはっきりと見えたからだ。

浪人の足をあっさりとかわし、逆に相手の足を踏みにいく。足の裏から感触が伝わってきた。うっ、とうなって浪人が顔を険しくしたものの、かまわず上段から刀を落としてきた。足を踏まれて腰の入っていない斬撃だけに、切れを欠いている。刀の速さも足りない。

余裕を持って佐之助は浪人の右に出、刀を袈裟《けさ》に振りおろした。刀は浪人の肩に当たった。浪人の体を斬り裂くのはたやすかったが、そんな真似はせず、肩を打ったところで刀をとめた。骨が折れた手応えが刀を通じて伝わってきた。

浪人が、ぐえっ、と血反吐《ちへど》を吐くような苦しげな声を発した。骨の折れた左肩に手をやり、うらめしげに佐之助を見やる。相当の痛みに襲われており、それが腰のほうにもまわっているのか、背中がわずかに丸まっている。ただし、まだ左手には刀が握られ、佐之助を斬ろうという気構えは失っていない。

佐之助は刀を振るい、浪人の左手に軽く斬りつけた。かすかに血が飛んで、刀が浪人の手を離れた。がしゃんと盛大な音を立てて、刀は土の上に落ちた。

浪人は唇を嚙み締めて、地面の上の刀を見つめている。必死に痛みに耐えているのが、その顔から知れた。左手の甲から、ぼたぼたと血がしたたり落ちてゆく。

「警告はしたぞ」

佐之助はぽつりといってから、浪人の刀を蹴り飛ばした。刀は地面を転がり、やくざ者の一人に当たりそうになった。わあ、と悲鳴を放って、そのやくざ者は大仰に避けた。

「さて」

佐之助は若頭に向き直った。

「おぬしはどうする。やるのか」

「や、やるさ」

目を血走らせ、顎をがくがくさせて、若頭が強がる。佐之助は、ゆっくりとかぶりを振った。

「やめておいたほうがいい。ここでやめても、子分どもはおぬしのことを腰抜けだなんて、決していわぬぞ」

佐之助は子分たちを見まわした。さすがにその通りだとうなずくような者はいないが、子分たちの目には、佐之助の言葉を否定するような色は浮いていない。

「う、うるさい。ここで引っこんでは、男が立たねえ」

「立たせることなどないぞ。そんなものはくだらぬ」

「うるさい」

匕首を抜くや、突っこんできた。

「まったくわからず屋だな」

佐之助は、突きだされた匕首をかわし、若頭の顎を柄頭《つかがしら》で打った。体が揺れて膝が崩れ、前のめりに倒れた。口から泡を噴いて、気を失っている。顎がはずれたのかもしれない。

「きさまらはどうだ、やるのか」

子分たちがいっせいに首を横に振った。

「それならば、若頭と用心棒を連れていけ。特に用心棒は医者に診せろ。もしこのままほっぽり出すような真似をしたら、俺はおまえらの一家に乗りこんで、一人残らずなますにしてやる。わかったか」

子分たちがそろって顔を上下させた。

「おまえらの一家は、なんというんだ」

だが、誰もいわない。佐之助は苛立ちを隠さず、怒声を発した。

「さっさと答えろっ」

今度は、五、六人がいっぺんにいった。きき取りにくかったが、算之輔《さんのすけ》一家という名であるのはわかった。

「俺は一度覚えた名は決して忘れぬ。もしおまえらが、約束をたがえたら、必ず殴り込みに行くぞ」

佐之助は子分どもを一瞥《いちべつ》してから、山門に歩み寄った。手近の子分の一人に、門をはずすようにいった。失礼しやした、と頭を下げて子分が進み出る。ぎぎ、と音を立てて山門の扉がひらく。

佐之助は寺をあとにした。

刻《とき》を無駄にした、という思いが心に広がってゆく。初冬の短い日は、西の空に没しようとしている。あのやくざ者どもに昨日、ちょっかいをださなければ、時間を無為《むい》にすごすことはなかったと考えると、忸怩《じくじ》たる思いがわきあがってくる。これから聞き込みを行うには、遅い刻限になってしまった。

それに、今日はどうもうまい方向に探索がまわっていないような気がする。疲れだけがずっしりと増す日だ。あの手練が背後についていないのも、どうしてなのか、逆に気にかかっている。

湯瀬には悪いが、今日のところは早めに引きあげさせてもらおう。しっかり体と心を休めれば、明日はきっとちがう結果がもたらされるにちがいあるまい。

佐之助は音羽町のほうに足を向けた。千勢とお咲希の顔が思い浮かぶ。二人は今なにをしているだろう。二人して仲よく夕餉をつくっているだろうか。ほほえみ合う二つの顔が見えるようだ。

今宵はなにを食べさせてくれるのだろう。

そんなことを考えたら、急に空腹を覚え、佐之助は暗色《あんしょく》を濃くしてゆく夕闇に負けないように足を速めた。

三

おゆうのことで、なにを見落としているのか。

そのことをあらためて話し合うために、富士太郎と珠吉は、仕事をはじめる前に、町奉行所からほど近い茶店に入った。

あまり風のこない奥の縁台に腰かけ、熱い茶をもらって、手のひらをぬくめた。

「おゆうと願之助親分は、料理屋の高千穂屋で初めて会ったというのは、まちがいないんですかね」

まず珠吉が疑問を俎上《そじょう》にのせた。客はほかにおらず、遠慮なく話ができるのがありがたい。

「うん、どうだろうかね。おいらは初めて会ったんじゃないかって思うんだけど」

「もう一度、高千穂屋のあるじに話をきいてみますかい」

「うん、そうだね。きいてみよう」

今度は富士太郎が疑問を口にする番だ。

「おいらが気になっているのは、やっぱりおゆうの兄である一吉の件だね」

「ああ、金策のために金貸しのところに行って断られて、火をつけてあるじを焼き殺したんでしたね。そのあと、自死しようとしたけれど、死にきれなかった。そして、番所につかまり、死罪になった」

「そうだよ。それがたった三年前のことさ。おゆうがうらみを持つとしたら、やはり店を奪われたことか、一吉を失ったかのどちらかじゃないかと思うんだよ」

富士太郎は少し間を置いた。

「どっちかというと、一吉を失ったことじゃないのかなあ。おゆうの母親は早くに亡くなったようだし、父親を亡くしたあとは、おゆうと一吉は二人きりの兄妹だった。仲もよかったそうで、おゆうは一吉が博打に溺れてゆくのを、なんとかしたいと考えていた形跡もある。互いを想い合う情の厚さ深さは、おいらたちの計り知れないものがあったんじゃないかと思うんだ」

なるほど、と珠吉が相づちを打つ。

「旦那は一吉を博打の罠に引っかけたのが、もうこの世にいない徳右衛門というやくざの親分だったことを承知で、いっているんですよね」

「そうだよ」

「あっさりといいますねえ。旦那、なにか裏があるとにらんでいるんですかい」

「裏があるのかどうか、そいつはおいらにもわからないんだけどさ、なんとなく引っかかるんだよねえ」

「わかりました。旦那の勘はよく当たりますからね。一吉が焼き殺したという金貸しの一件も、とっくりと調べてみやしょう」

「うん、そうだね。それにしても、人を焼き殺すなんて、そんなにたやすくできるものなのかね。犯罪の玄人ならまだしも、一吉という人は博打の罠にはまるような素人だよ」

「まったくですねえ。あっしには到底、無理ですよ。どうやったんですかね。桶一杯の油を頭からかけて、火をつけたんですかね」

「油をかける前に、縛って動けなくしたのかもしれないね」

「もし本当にそんな殺し方をしたんなら、ぞっとしますねえ」

「本当だよ」

富士太郎はぬるくなった茶を飲み干した。

「金貸し殺しの件の前に、珠吉の疑問のほうを先に潰すことにするよ」

「高千穂屋ですね」

「うん。珠吉、もうお茶は飲んだね。おかわりはいらないかい」

「ええ、もう十分です。旦那は」

「おいらももういいよ。お茶を飲みすぎると、どうも厠《かわや》が近くなってね」

「旦那、まだ若いのに、年寄りみてえなこと、いいますね」

「お茶を飲むとすぐ小便がしたくなるのは、若かろうと歳を取っていようと、関係ないんじゃないかい」

「まあ、さいですね。失礼しやした」

「別に謝ることはないよ。珠吉、さあ、行こうかね」

富士太郎は茶代を支払い、寒風の吹きすさぶなかに出た。

「うう、寒いねえ。でも、体と気持ちが引き締まって、気持ちがいいねえ」

「旦那、やせ我慢ですね」

「やせ我慢なんかじゃないよ。おいらは本当にそういうふうに思っているんだ」

「ああ、信じますよ。旦那は変わったんですものねえ。もう以前のひ弱い旦那じゃないんですよ」

「珠吉、おいら、ひ弱かったかい」

「いえ、そんなことはありません。言葉の綾《あや》ってやつですよ。旦那は直之進さんのことが好きだったりしたから、どことなくそういうふうに感じさせただけです。実際は骨のある男だって、あっしはわかっていやしたよ」

富士太郎はにこりとした。

「珠吉、相変わらずうまいことをいうね。信じたくなるよ」

「信じてもらっていいですよ。本当のことですから」

「珠吉、そんなに力んでいわなくてもいいよ。こんなに寒い日に体に力を入れると、年寄りはぶっ倒れちまうよ」

「あっしはそんなにやわじゃありませんや」

「そうだね。顔色なんか、つやつやだもの」

「旦那だって、負けちゃいませんぜ」

「おいらは若いもの、当たり前だよ」

「若くたって、顔色が悪いのはいくらでもいますぜ。ほら、あそこ」

「珠吉、指をさすんじゃないよ」

そんな掛け合いをしながら、富士太郎と珠吉は、料理屋の高千穂屋にやってきた。ここは、おゆうの実家である梶田屋がやくざに奪われ、一吉が死罪になったあと、おゆうのことを憐れんだあるじが、仲居として奉公させた店である。

高千穂屋は夜だけだから、こんなに朝早くから店をあけてはいないが、奉公人たちがていねいに掃除をしていた。厨房のほうでは、仕込みがはじまっているようだ。

あるじもすでに来ており、富士太郎と珠吉は座敷に通された。

「一つききたいことがあって来たんだよ」

富士太郎はあるじの通之助《つうのすけ》に申し入れた。

「はい、なんでしょう」

通之助が両手を膝に置いてかしこまる。

「おゆうは、願之助とここで初めて会ったというのは、まちがいないのかい」

予期していなかった問いらしく、戸惑いの色が顔に広がった。

「は、はい、そうだと思いますが。あの、おこがましいことを申しますが、お役人はちがうのでは、とお考えでございますか」

「いや、よくわからないんだよ。ただし、この店で初めて会ったとなると、辻褄《つじつま》が合わない感じなんだ」

「はあ、さようにございますか。あの、おゆうが願之助親分を殺したと、お役人はにらんでいらっしゃるんですか」

それには答えず、富士太郎はしばしのあいだ横の襖に視線を当て、次になにをきくべきか考えた。

「妾の話なんだけど、願之助が持ってきたというのはまちがいないね」

「はい、まちがいありません」

「おゆうがその話をきいて、是非ともといったのもまちがいないね」

「はい」

「願之助はおゆうに初めて会ってすぐ、妾の話を持ってきたのかい」

「いえ、いきなりということはありませんでした。何度か、おゆうのもてなしを受けたあと、願之助親分がおゆうのことを気に入って、という流れだったように思います」

「おゆうは、最初から願之助に惹かれていたのかい」

きかれて、通之助が首をひねる。

「いえ、そういうふうには見えませんでした。なにしろ、店を奪われたりして、やくざ者にいい覚えはないはずですから。むしろきらっていたように思います」

「そうだよねえ」

富士太郎は腕組みをした。

「それなのに、妾の話がきたときは、是非ともといった。願之助のことを気に入るきっかけがあったと考えるのが自然だろうね。あるいは、それは芝居にすぎなくて、願之助のそばにどうしてもいなければならない理由ができたということかね」

「あの、それは願之助親分を殺すため、ということでございますか」

「いや、そうはいってないよ」

富士太郎は静かに首を振った。

「あるじ、そのきっかけというものに心当たりはないかい」

「手前にはありません。でも、いわれてみれば、いつからか、おゆうはがらりと一変して、願之助親分に惹かれる素振《そぶ》りを見せるようになりましたね」

「そんな素振りを見せるようになったのは、いつからだい」

「願之助親分は以前からうちを贔屓《ひいき》にしてくれていましたが、おゆうが親分のもてなしをするようになって、しばらくしてからじゃないでしょうか。おそらく、三度目か四度目くらいだと思います」

最初はきらっていた。だが、願之助への接客を繰り返すうちに、だんだん気持ちが傾いていったというのは考えられないことではないが、そうじゃないね、と富士太郎は感じ取っている。なにかきっかけがあって、おゆうは願之助に近づく必要ができたということではないか。そのきっかけというのは、いったいなんなのか。

「願之助と知り合ったあと、おゆうの様子や態度におかしなところはなかったかい」

「おかしな様子や態度でございますか」

眉根を寄せて、通之助が考えこむ。そういえば、とつぶやいた。

「確か、おぎんという仲居が、以前、おゆうのことでなにかいっていたように思います。ただいま呼んでまいりますので、お待ちいただけますか」

席を立った通之助が、すぐに三十すぎと思える女を連れてきた。口が大きく、いかにもおしゃべりや噂話が好きそうに見えた。

「おぎん、前におゆうのことでなにかいっていただろう。あのときのことを、お役人にお話ししなさい」

「はい、かしこまりました」

おぎんが富士太郎をまっすぐ見て語りだす。

「でも、お話っていっても、たいしたことじゃないんですよ。あれは、八か月ばかり前のことだと思います。桜がそろそろ咲くんじゃないかなんて、皆で話をしたときですから、まちがいないと思います。おゆうちゃんがひどく青い顔をして、廊下の隅に立っていたってことだけなんですよ」

「どうしておゆうは、そんなふうになったんだろう」

「あたしもわけをきいたんですけど、おゆうちゃん、ぶるぶる首を振るばかりで、なにも答えなかったんですよ。忙しいときだったから、それ以上あたしもきけずに、なんでもないんだったらそんなところで油を売っているんじゃないよ、といったんです。おゆうちゃん、でも、その日はまったく使い物にならなかった」

「おまえさんの話をきいていると、おゆうはなにかに衝撃を受けたように思えるね」

「はい、あたしもそう思います。もしかしたら、客に変なことをされかけたのかな、と思ったりしました。おゆうちゃん、おぼこだったから。でも、うちのお客はいい人ばかりで、そんな乱暴な振る舞いに及ぶような人はいないと思うんですよ」

富士太郎は頭をめぐらせた。

「その日、願之助はこの店に来ていたかい」

おぎんがじっとうつむき、記憶を手繰《たぐ》り寄せている。

「ええ、来ていました。あの日、親分は離れでしたよ。一の子分の平治さんと一緒でしたね。あたし、あの日、離れの沓脱ぎのところで足の指を打っちまってひどく痛めたから、よく覚えているんですよ」

「そいつは気の毒だったね。離れで願之助と平治はどんな話をしていたんだい」

「いえ、話はきいていません。そういうふうにしつけられていますから」

胸を張ったおぎんが通之助を見る。通之助がうれしそうにほほえむ。

「それにあの日、願之助親分には、最初、人払いをいわれていましたから」

「人払いかい。そのことは、おゆうも知っていたんだね」

「はい、そうだと思います。あっ、私、伝え忘れたかしら。いえ、そんなことはないわね。はい、ちゃんと伝えました」

おゆうがなにも知らずに離れに近づき、願之助と平治の密談をきいてしまったということは十分に考えられる。

肝心なのは、願之助たちの話のなにが、おゆうに青い顔をさせるほどの衝撃を与えたか、ということだ。

「最後にいいかい。願之助はおゆうの素性を知っていて、その上で妾にほしいといってきたのかい」

はい、と通之助がうなずく。

「もともとは梶田屋の娘ということは知っていたと思います。そういえば、そのことをきいて、そいつはおもしろいな、と親分がいったのを覚えています」

富士太郎と珠吉は通之助とおぎんに礼をいって、高千穂屋を出た。

「離れで願之助一家の密談をきいて、おゆうは願之助に近づこうと決意した。珠吉、これでまずまちがいないね」

「はい、あっしもそう思います。おゆうはなにをきいてしまったんですかねえ。願之助たちは離れでなにを話したんですかねえ」

うーん、と歩きつつ富士太郎は声を発した。

「やっぱり願之助は、おゆうの実家の梶田屋潰しに関わったんじゃないかねえ。しかも、密談をきいて願之助に近づくことをおゆうが決意したくらいだから、中心といっていい役割を担ったんじゃないのかい」

「でも旦那、一吉さんを博打の罠に引きこんだのは、徳右衛門という親分ですよ。それは動かしがたい事実ですよ」

「うん、そうだね。――一吉の死に願之助が関わっているとしたら、どうかな」

「ああ、そういえば、旦那は一吉さんという素人が、人を焼き殺せるかどうか、気にしていましたね」

「うん、犯罪の玄人ならやれるかもしれないけどねえ」

「願之助が犯罪の玄人かどうかはわかりませんけど、一吉さんよりもずっと度胸はあるでしょうね。いざとなれば、やるかもしれませんや」

富士太郎は、うしろからついてくる珠吉を振り返った。

「珠吉、覚えているかい。願之助が殺されていた家のことさ。ずいぶんと豪勢だったよね。傾きかけた一家のくせに、どうしてこんなに立派で新しい屋敷を建てられたのか、おいらは不思議でならなかったんだけど、その答えが出たような気がするよ」

「なるほど、あっしにもわかりましたよ」

珠吉が見つめてくる。

「金貸しの事件のことを、詳しく調べなきゃいけませんね」

富士太郎と珠吉は小石川指ヶ谷町《さしがや》にやってきた。

この町に、金貸しの寅代屋《とらだいや》という店はあったのだ。寅代屋のあるじは寅左衛門《とらざえもん》といい、焼き殺されたとき、ちょうど五十歳だった。まさか五十になってそんな死に方をするなど、思ってもいなかったはずだ。

惨劇があった三年前、富士太郎は見習同心にすぎず、この事件のことはあまり詳しくは覚えていない。見習時代は、ときおり先輩同心に連れられて町廻りに出たものの、この町に来たことはなかった。

寅左衛門が独り身で子もいなかったこともあり、寅代屋は跡を継ぐ者もおらず、今は別の新しい店になっていた。提灯や行灯など、明かりを扱う店である。この店の者は、三年前、この場所で惨劇があったことを知っているのだろうか。

寅代屋に放たれた火は燃え広がり、二十軒ばかりを焼く火事になった。幸い死者はいなかったものの、怪我人は多数出たことを、富士太郎たちは町の者から話をきいて、知った。

「ところでさ、珠吉はこの寅代屋の事件について詳しいのかい」

「いえ、全然」

ならば、ということで、富士太郎と珠吉はいったん町奉行所に戻り、例繰方の者に再度話をきくことにした。

例繰方は、町奉行が前例にならって裁きをくだせるように常に昔の事件について繰り返し調べているから、寅代屋の事件にもさすがに詳しかった。

三年前、一吉は百八十両の金の無心に寅代屋に赴いた。断られる場合のことを想定し、梶田屋の売り物である油を、桶にたっぷり入れて持っていった。もし借金を断るのなら、火をつけるぞ、と脅すつもりだった。

「そしてあるじの寅左衛門に返す見こみがない客として借金を断られた。激高した一吉は油をぶちまけ、紙に火をつけ、それをほうった。あわてて火を消そうとして、寅左衛門は着物に火がつき、火だるまになって死んだ」

これでは同情の余地はないね、と富士太郎は話をきいて思った。横で珠吉も同じ顔をしている。

「だが、そこで少し話がおかしくなってくるんだ」

例繰方の役人がいう。

「とおっしゃいますと」

「油は撒いたが、火はつけていないと一吉はいい張ったんだ」

「それはどういうことですか。実際に、寅代屋が火元になって、あのあたりは火事になっていますし」

「そうなんだ。油を撒いたものの、そこからの記憶がまったくないというんだ。気絶していて、はっと気づいたら、まわりは火の海で、あわてて逃げだしたというんだから、あきれたものさ」

「一吉は気絶していたといったんですか」

「そうだ。頭のうしろが痛かったから、きっと誰かに殴られたんだといってい
た」

これが、願之助一家の仕業ということだろうか。

「寅左衛門さんの金はどうなったんですか」

「一吉が奪ったはずだ。五百両以上はあるといわれていたが、どこにもなかった
からな。一吉は取っていないといったが、金は溶けてもそこに残るものだから、
焼け跡になければおかしいんだ。だから結局は、金はすべて一吉が持ちだしたと
いうことになった」

「それについて一吉はなんと」

「取っていないと、これも頑強に否定したな。五百両くらいなら重さは五貫もな
いから、持ちだすことは十分にできる」

「でも、一吉は賭場の借金をその後、返していないんですよね」

「返す間もなくつかまってしまったからな」

「それなら、奪ったはずの金はどうしたんですか」

「どこかに隠したのではないかということになった。そのことも厳しくきかれた
が、一吉は、取っていないの一点張りだった」

実際に奪っていなかったのだろう。おそらく必死に抗弁したものの、認められることなく、一吉は刑場の露と消えたのである。

礼をいって、富士太郎と珠吉は例繰方の役人の前を辞した。

「願之助はあくどいやつだったんですね」

町奉行所の大門を出た途端、珠吉が憤然としていった。

「まったくだよ」

富士太郎は同意した。

「おゆうは、願之助たちが寅代屋の金を奪い、その罪を一吉に着せたことを、高千穂屋の離れで立ち聞きしてしまったんだね。きっと願之助たちは思い出話にでも興じていたんだろうよ」

「おゆうはどうして番所に訴え出なかったんでしょう」

「訴えたからといって、願之助たちがつかまるという確信がなかったんだろうね。時間がたちすぎていて、願之助がやったという証拠がなかっただろうし、番所がどれだけやれるか、信頼できなかったということもあるんだろう。番所は無実を訴え続けた一吉を死罪にしてしまったところでもあるし」

「なるほど、自分がその立場でも、訴えたくなくなりますね。それで、おゆうは自分で復讐しようと思い立ったんですね。だが、半年前に妾になって、すぐには願之助を殺さなかったんですね。これはどうしてですかね」

「おゆうは妾宅を与えられたんだね。妾宅に願之助が一人で来ないというのが、一番大きかったんじゃないかなあ」

「ああ、それはあるでしょうね」

珠吉、と富士太郎は呼びかけた。

「一吉さんが寅代屋に油を持っていき、実際に撒く覚悟をしていたか——、それをどうやって願之助たちが知ったのかだね」

「子分たちにききますかい」

「ああ、平治たちかい」

だが、証拠もないし、吐くようなことはまずないだろう。願之助も死んでしまっているし、しらを切れば、逃げ切れることを平治たちは知っているだろう。そのことを富士太郎は珠吉に告げた。

「悔しいですね。とっちめたいんですがね。旦那、願之助は平治と二人で寅左衛門を殺して火をつけたんですね」

「そうだよ。二人でやったのさ」

「金は二人で山分けですか」

「どう考えても、平治のほうが少ないだろうね。願之助は豪華な妾宅を持ち、妾も囲った。だが、平治は長屋に毛の生えたような小さな貸屋住まいだものね。楽しみといえば、ときおり買う陰間《かげま》だけだ」

「不満はあったでしょうね」

「うん、ないわけがないね。願之助のだらしなさで、一家は凋落《ちょうらく》の一途《いっと》をたどっているからね」

富士太郎は厳しい顔で沈思した。

「珠吉、もしかしたら、おいらたちはまちがえていたのかもしれないね」

「あっしも今それを考えていましたよ」

「願之助を殺《や》ったのは平治かもしれないね」

「ええ、その通りで」

「よし、珠吉、おゆうのところに行こう」

「えっ、おゆうのところへですかい」

富士太郎は大きくうなずいた。

「うん、そうさ。もう一度、話をきくんだ」

おゆうは、願之助が用意した妾宅にまだいた。

平治からはここを出てゆくようにいわれているという。平治はどうやら気に入りの陰間と一緒に住む気らしい。

「まあ、十歳の跡取りの後見人として、この屋敷で組を取り仕切っていくくらいのことは、きっというんでしょうけど」

珠吉が富士太郎にいった。

富士太郎はおゆうを見つめた。座敷に富士太郎たちは通されている。隅におかれた火鉢が、あたたかみを送ってくる。

「正直いうとね、おいらはおまえさんが願之助親分を殺したんじゃないかって疑っていたんだ」

「こちらの旦那だけじゃねえ。あっしも同じ考えだった」

「えっ」

驚いておゆうが顔をあげる。

「でも、ちがうね。おまえさんは願之助親分を手にかけていない」

おゆうの目から涙があふれた。

「はい、できなかったものですから」

「殺すつもりはあったんだね」

「はい、毎晩でした。でも、どうしてもできなかった……」

「それが人として当たり前なんだよ」

富士太郎はやさしくいった。

「押し入ってきた男なんだけど、平治じゃなかったのかい」

「いえ、よくわかりません。声も似ていたような気はしますけど、はっきりとは――」

これでは証言させても、平治を自白に追いこむには弱いだろう。なんとかして、平治が願之助を殺したという証拠をつかまなければならない。

「平治にどういう返事をするつもりだったんだい」

富士太郎はおゆうにたずねた。

「できれば下女として住まわせてほしいと頼むつもりでした」

「平治を殺そうと思ったのかい」

「仇の片割れですから」

「でも、もうやめるんだね」

はい、と深々とうなずいた。

「八丁堀の旦那が、代わって仇を討ってくれそうですから」

どうやって証拠を手に入れるか。

それが一番の問題だった。

「旦那、こういうときは、たいてい情婦が秘密を握っているものですよね」

珠吉が助言をくれた。

「平治に情婦はいないから、こういう場合は陰間ということになるね」

平治が贔屓にしている陰間は、すぐに知れた。陰間には特に多い役者崩れで、名を真之丞《しんのじょう》といった。

真之丞の住む家を訪ね、平治のことをきいたら、いきなり真っ青になった。これには富士太郎たちのほうが驚いた。

「どうしてそんなに仰天するんだい」

「いえ、だって、いきなり八丁堀の旦那に来られたら、誰だって驚きますよ」

富士太郎は真之丞に冷たい視線を注いだ。

「おまえ、なにか隠しているね」

真之丞が首をぶるぶる振る。

「なにも隠してなんかいませんよ」

「とっと出しな」

「なにもありませんて」

「家探しするよ」

「えっ、やめてください」

「珠吉、やるよ」

「合点承知」

富士太郎と珠吉は土足であがった。

「や、やめてください」

「やめてほしかったら、隠している物を素直に出すんだね」

「わかりましたよ」

それでもしばらくのあいだ、悔しさをこらえるように唇を噛み締めていた。

「早くしな」

業《ごう》を煮やした富士太郎にいわれ、真之丞はのろのろと箪笥《たんす》の引出しから晒《さら》しに包まれた物を取りだした。

「なんだい、そいつは」

見当はついたが、富士太郎はあえてきいた。

「捨ててくれって預かった物ですよ」

「どうして捨ててないんだい」

「忘れちまったんですよ」

「よこしな」

富士太郎は受け取り、晒しを解いた。なかから出てきたのは、血糊《ちのり》がたっぷりとついた匕首だった。

「凶器ですね」

「ああ、まちがいないね。これは誰から預かったんだい」

富士太郎は確認のために真之丞に問うた。

「だから、平治さんですよ」

「いつ預かったんだい」

「えーと、二日前の夜ですよ」

願之助が殺された晩だ。平治は願之助を殺した足で、ここにやってきたのか。

「どうして自分で捨てないのか、理由をいったかい」

「何度も捨てようとしたんだけど、手から離れないって。ここまで来て、ようやく離れたそうです」

「なんだい、おまえ、平治が願之助親分を殺したことを知っていたんだね。どうして番所に知らせなかったんだい」

「いえ、だって告げ口なんかできないですから。売れない陰間ですけど、そのくらいの誇りはありますよ」

「でも、証言してもらわなきゃならないよ」

「えっ、証言ですか」

「証言しなきゃ、おまえさんも小伝馬町《こでんまちょう》行きってことになるね」

「えっ、勘弁してください。あんなところ、陰間が入ったら、生きて出てこられない」

「証言すればいいんだよ。そうすれば、牢屋に入らなくて済む」

真之丞が肩を落とす。迷っているふうを装っているが、心はもう一つであるのは、決まり切ったことだ。

真之丞の証言を待つまでもなく、平治は血のついた匕首を見せられた途端、がくりとうなだれた。

すぐに自白をはじめた。

落ちぶれてゆく一家を見るのがたまらず、なんとか自分が先頭に立って立て直したかった。金貸しの寅左衛門を殺したのに分け前が少なかったことにも不満はあったが、それよりも、願之助を排することで一家をなんとかしたかった。昔の隆盛を取り戻したかった。

一吉のことは、願之助一家の賭場に二度ばかりあらわれたことがあったので、知っていた。徳右衛門一家に百八十両もの借金をこさえたことも、噂が流れてきていた。こいつはもしかすると使えるぞ、と願之助と平治のあいだで話がまとまった。

なけなしの金を持って一吉が願之助一家の賭場にやってきたとき、二人の客のひそひそ話が一吉の耳にわざと入るように仕向けたのである。

寅代屋という金貸しがいて、あの男は臆病だから二百両や三百両の金は、火をつけるぞって脅せば必ず出すということをいわせたのだ。なにしろ火を怖がる男だからと。

その話をきいた一吉は、目を爛々《らんらん》と輝かせた。これはまちがいなくやるな、と平治たちは確信し、一吉を四六時中、監視し続けた。そして、一吉はついに油の入った桶を手に寅代屋に入っていった。油を撒いたところで平治と願之助は寅代屋に押し入り、一吉を気絶させ、寅左衛門を殺して五百両以上の金を奪い、家に火を放った。

顚末《てんまつ》はこういうことだった。

裁きはまだくだされていないが、平治が死罪になるのはもう決まったも同然である。

おゆうがとにかく犯罪人にならずに済んだのが、富士太郎はうれしかった。おゆうは二度と妾奉公をしないことを誓い、高千穂屋で再び働くことになった。

富士太郎と珠吉は、高千穂屋の座敷でおゆうと会った。

「おまえさんなら、きっとまっとうな男が見初めてくれるよ」

「旦那がお世話してくれるんなら、私、お妾でけっこうですよ」

「この人は駄目だよ」

珠吉が強い口調でいった。

「あら、樺山の旦那、決まった人がいらっしゃるんですか」

「そうさ。いるんだ。もうじき二人は一緒になるんだよ」

「いいなあ、その人」

おゆうが心底うらやましそうにいった。

「おゆうちゃん、がんばって働くんだよ」

「はい、ありがとうございます。樺山の旦那のおかげで、私、日の当たる道を歩いていけます」

「うん、それが人として最も楽な道だからね。はずれないように歩いてゆくんだよ」

「はい、わかりました」

すがすがしい気持ちで、富士太郎と珠吉は高千穂屋をあとにした。

「珠吉、今回は決め打ちが結果としてうまくいったけど、やっぱり先入主で動いちゃ駄目だね」

「ええ、まったくですねえ。終《しま》い近くになってようやくまちがいに気づきましたけど、もし気づいていなかったらと思うと、ぞっとしますよ」

「犯人はおゆうじゃないっていう合図はあったのに、見逃していたね」

「ああ、願之助親分の胸を一突きにした傷跡ですね」

「そうさ。あれは十八の娘にできる業じゃないってわかっていたのに、繰り返し鍛錬することで、おゆうでもできるようになるんじゃないかって、おいらは思ったりしたんだよ。それに、おゆうの肩の傷も自分でつけたものに見えないって、福斎先生もおっしゃっていたのにね。反省しなきゃね」

「それはあっしも同じですよ」

珠吉が大きく息をついた。

「とにかく今回の教訓を、次の事件の探索につなげることが大事ですね」

富士太郎はにっこりした。

「珠吉、うまく締めたね。うん、うん、その通りだよ。次の事件に生かせばいいのさ。それでこそ、人というのは成長するんだよ」

四

倉田の探索は進んでいるのだろうか。

進展があったとしても、つなぎを取るすべがないから、直之進としては力を添えることはできない。すべて倉田の働きにまかせるしかない。

倉田佐之助という男の能力は探索にしろ、剣の腕にしろ相当のものだ。きっと一人でも、楽々と事態を打開してゆくにちがいない。助力など、もとより当てにしていないのではないか。

こちらも負けていられぬ。直之進は気持ちを入れ直した。

ただし、先ほどから背後に気配を感じている。背中に当たる視線は、いやなものではない。ただ、そっとうしろをつけてきているだけだ。距離は十間ばかりか。

——まったく。

直之進は心中で舌打ちした。地を蹴って走りだす。背後の気配があわてふためき、必死に駆けだしたのが知れた。

路地に走りこんだ直之進は立ちどまるや、黒塀にぴたりと背中を預けた。ひいひい、とあえぎながら、小太りの影が路地にのそのそと入りこんできた。

「あれ、いない」

呆然と立ちすくむ。細い目を思い切り見ひらいて、路地を見つめている。

「なにを頓狂《とんきよう》な声をだしているんだ」

えっ、とがっしりとえらの張った顔がこちらを見た。肩を激しく上下させつつも、目が柔和に細められ、糸になる。

「ああ、そちらでしたか」

「そちらでしたかではなかろう」

直之進は背中を塀からはずし、一歩、踏みだした。

「米田屋、いったいなんの真似だ」

光右衛門はまだひどく息が荒い。

「お、おわかりでしょう」

ようやく声をだした。

「俺の手伝いをしたいのか」

「さようにございます」

商人らしく深く腰を折り、もみ手をする。

「昨日も申しましたが、手前は江戸の地理に詳しゅうございます。それこそ猫しか知らないような路地すらも頭に入っております。きっと湯瀬さまのお役に立ちますよ」

直之進は頭のうしろをかいた。つまり、米田屋はこの俺にじかに頼めば、説得できると踏んだのだろう。昨日、懸命の懇願にこちらの心が動いたことを、見抜かれたのだ。ここまで来てしまえば、一緒に連れてゆくしかないとも思っているのかもしれない。

実際のところ、連れていってもよい。確かに道案内だけに限っていえば、役に立つのはまちがいないのだ。だが、探索にはやはり足手まといでしかない。

「又太郎さまのお役に立ちたいというおぬしの気持ちはこの上なくありがたいが、米田屋、ここは引き取ってもらったほうがよかろう」

意外な言葉をきくといわんばかりの表情になった。ぜいぜいとなおも喉を鳴らしてきく。

「ど、どうしてでございますか」

「その息だ」

「えっ」

直之進は腕組みをした。

「手がかりをつかんでその場に急がねばならぬとき、おぬしは俺についてこられぬ。それだけではない。探索の助手として俺についていれば当然、仲間と見られて巻き添えもあろう。もしおぬしに危険が迫ったとき、ちょっと走っただけで息が荒くなってしまうようでは逃げることもかなわぬ。助けられればよいが、それができなかったとき、俺は一生、後悔することになろう。おきくちゃんを妻にすることもかなわなくなる」

「えっ、手前がくたばったからといって、そこまでのことになりますか」

「なるさ」

直之進は断じた。

「それでも、おきくちゃんは許してくれるかもしれぬ。だが、俺はちがう。もし俺が同道を聞き入れなければ、おぬしが死ぬことはなかったと必ず考える。おのれの甘さがおぬしの死を招いてしまったことを、俺は一生悔いて生きてゆくことになる。そんな男のそばに、おきくちゃんを置いておくわけにはいかぬ。不幸になるだけだ」

ふむ、さようですか、と光右衛門が下を向く。足元の小石を黙って見つめていた。ゆっくりと顔をあげる。どこかすっきりとしていた。

「承知いたしました。手前がいると、湯瀬さまの探索に障《さわ》りがあるということですな」

「障りというほどのものではないが、米田屋、気を悪くせんでくれ」

「いえ、こちらこそ、無理を申しあげて、すみませんでした」

「琢ノ介もいっていたが、裏方に徹してもらえると、ひじょうにありがたい。裏方の仕事は地味すぎて、おぬしにはつまらぬのだろうが」

「はい、その通りなのでございますよ。たまには表舞台でせいせいと動いてみたいもので。でも湯瀬さま、よーくわかりました。人には分があるということですな。手前には探索の仕事は向いていないのでしょう。身のほどをわきまえて、本業に精だすことにいたしますよ」

軽く息をつき、困ったような顔をする。

「このまままっすぐ戻ったら、おきくたちに叱られますなあ。手前がなにをしていたか、女の勘で見抜きましょうから。湯瀬さま、これから得意先をまわって、さばききれないほどの注文を取ってくることにいたしますよ。それこそが、湯瀬さまたちの本当のお役に立てるということでございましょう。――では、これで」

頭を下げた光右衛門がくるりときびすを返す。心なしか背中が寂しげで、少し丸まっている。

「米田屋」

直之進は声をかけた。

「おぬしの気持ちは決して無駄にせぬ。必ずよい結果をだしてみせる」

光右衛門が振り返り、にこりとした。

直之進はうなずき返した。光右衛門が歩き去ってゆく。直之進も体をめぐらせ、歩きはじめた。米田屋のためにも必ずご落胤を見つけなければならぬ。決意を新たにして、又太郎のなじみにしていた店の一覧を手に、一つ一つ町をめぐり、店を当たってゆく。今のところ、背後にいやな気配はない。房興派の者はついてきていないということだろうか。むろん油断はできない。この前、あっさりと直之進に撒かれたことで、きっと新たな手を考えているにちがいないのだ。

直之進は、ちらりとうしろを振り返った。大勢の者たちが初冬にしてはあたたかな陽射しを気持ちよさそうに浴びて歩いている。行商人、大店の商人らしい者たち、侍、遊び人、子供、年寄り、女房、荷を担いだ百姓。

自分に注目している者はいないように思えるが、果たしてどうだろうか。あのなかに、変装した房興派の者がいないのか。あるいは、房興派に依頼されて尾行している者はいないのか。

わからない。判別のつけようがない。直之進は気にしないことにした。探索がもっと進めば、房興派の者は、きっと姿をあらわすにちがいない。

直之進は探索にひたすら熱中した。

小石川白山前町《はくさんまえ》にやってきた。この町にも、又太郎がよく足を運んでいた煮売り酒屋がある。手にしている一覧によれば、店の名は太郎造《たろぞう》である。

太郎造は人にきいたら、すぐにわかった。裏路地にぽつんと小屋のような建物が建っているだけだが、だしのおいしそうなにおいをあたりに漂わせており、きっとうまい物を安く食わせてくれるのであろうな、と直之進に期待を抱かせた。

それにしても、よくこのような店を見つけるものだと、又太郎の鼻の確かさに感心するしかない。

暖簾はかかっていないが、風を入れるためか、腰高障子はあいており、掃除の行き届いた土間が見えている。

戸口に立った直之進が訪いを入れると、すぐに応えがあった。

「すみません、まだなんですよ」

「ちょっと話をききたいのだが」

直之進は、三畳ほどの広さを持つ土間に足を踏み入れた。厨房で一人、仕込みをしていた主人らしい男が顔をあげた。包丁を静かに置く。

「ああ、お侍でしたか。こいつは失礼いたしました」

一礼し、腰に下げた手ぬぐいで手をふきつつ、土間に出てきた。

「こちらにどうぞ」

小上がりにあがるようにいう。

「いや、このままでけっこう」

さいですかい、といってそれ以上はあるじもいわなかった。

「さっそく本題に入らせてもらう。この店によく又太郎という若い侍が来ていたはずだが、どうだろうか」

「ええ、ずいぶんと贔屓《ひいき》にしていただきましたよ。最近はお見えになりませんね。どうしていらっしゃるか――」

直之進は、当時の又太郎が実は沼里家の跡継だったことを伝えた。

「ええっ、本当ですかい」

「ああ、まことのことだ。今はあるじとして沼里に帰っていらっしゃる」

「じゃあ、跡をお継ぎになったということですね」

「そうだ。立派なお殿さまだ」

「それじゃあ、こんな店に来られないのも当たり前ですなあ」

嘆息した主人が直之進を見つめる。

「又太郎さん、いや、又太郎さまはお元気にされているんですかい」

「うむ、とても元気だ」

嘘をいいたくはなかったが、又太郎が危篤であることを言いふらすわけにはいかない。それに、元気であるといい続けていれば、本復されるのではないか。

「それがしは又太郎さまの命《めい》で、ちと人捜しをしている」

「ほう、人捜し。どなたですかい」

直之進は、おしずとこうきちの名を告げた。

「はあ、さいですかい。その二人は又太郎さん、いえ、又太郎さまとはどんな間柄で」

「うむ。おしずとこうきちという二人は親子ではないかと思える。又太郎さまの知り合いだ。二人に一目会いたいとおっしゃっているのだが、どうにも居場所がはっきりせぬ」

「さいですかい。あっしは、おしずさんという名に引っかかりがあるんですけど、歳ですかねえ、すぐには思いだせないんですよ」

「思いだしてもらえぬか」

主人が唇を噛んで考えこむ。

「——ああ、そうだ、思いだした。なんだ、隣町じゃねえか」

　直之進は黙って続きを待った。

「ここの隣の指ヶ谷町に、静佳《しずか》という小料理屋があるんですよ。確か、そこの女主人が、お静さんといったはずですよ。静佳には、又太郎さまはよく出入りされていたと思うんですけど」

「お静どのには子がいたか」

　主人がかぶりを振る。

「そいつはあっしも知りませんねえ。ああ、でも最後にあの店に飲みに行ったとき、お静さん、子をはらんでいましたねえ。静佳のなじみの客にあとできいたら、誰が父親とも知れない子だって、もっぱらの噂だったらしいですよ」

「おぬしが最後に静佳を訪れたのは、いつのことだ」

「もうかれこれ三年はたちますね。腹の子はとっくに出てきているでしょう。ですが、生まれた子が男か女かもわかりませんからねえ。その子に、こうきちという名がつけられたかどうか、あっしは知りませんよ」

　あるじがにやりと笑いかけてきた。

「あのおなかの子の父親、もしかしたら、又太郎さまなんじゃありませんかい。だとしたら、たいへんだ。大名の落としだねってことになるじゃありませんか」

五

小石川指ヶ谷町にやってきた。

佐之助は、九郎造から購った紙にあらためて目を落とした。これによると、ここでは二十軒ばかりを焼く火事が三年前にあったことになっている。

火元は寅代屋という金貸しで、あるじの寅左衛門は、どうやら油を撒かれて焼き殺されたらしい。五百両以上の金が奪われたとのことだ。犯人は一吉という男で、すでに処刑されているという。ただし、五百両もの金は戻っていない。

ここまでのことが、九郎造から買った紙には記されていた。ずいぶんと詳しいものだ。

佐之助は指ヶ谷町の自身番に行き、三年前の火事についてきいた。自身番に詰めていた家主の一人によると、死者こそなかったものの、大勢の怪我人が出たとのことだ。

「ところで、この町におしずとこうきちという母子が住んでおらぬか」

自身番には三人の男が詰めていたが、その三人がすぐさまうなずき合った。

「そうそう」

「いましたね」

「ああ、いた」

「まことか」

佐之助は勢いこんだ。

「その二人、今どこにいる」

「さあ、知りませんねえ」

一人がいい、あとの二人も知らないというように首を振ってみせた。

落ち着け、と佐之助は自らにいいきかせた。

「その二人は、そのときの火事で怪我をしたのか」

「お静さんは、静佳《しずか》っていう小料理屋をやっていたんですよ。一人でやっていたんですけど、火事が起きたとき、身重《みおも》でしてね。店のなかで動けなくなっていたんです。そこへ一人の若いお侍が飛びこんできて、お静さんを救ったんです」

「その侍の名は」

「名乗らなかったんですよ」

まちがいなく又太郎だろう。あの男、火事が大好きということだが、本当は人助けが目的で、火事場を次々に訪れているのではないか。人助けはこれが初めてではあるまい。おそらく、ほかでも人助けをしているのだろう。

又太郎はまだ昏睡しているのだろうか。だが、これまで何度も人助けをしてきた男なら、天が惜しんで目を覚まさせるのではあるまいか。佐之助としては、そう信じたい。

「その火事で産気づいて、お静さん、その晩、男の子を生んだんですよ」

「その子がこうきちだな」

「はい、さようで」

こうきちは、厚吉という字を当てるようだ。

「静佳という小料理屋はどこにある」

「いえ、それがそのときの火事で焼けちまって、それっきりなんですよ。今は別の家が建っています。商売はやっていません」

「お静が、よそで小料理屋をやっているということは考えられるか」

「ええ、それはもう十分にあり得ます。静佳はけっこう、はやっていましたからね」

「ええ、お静さん、とても包丁が達者で、おいしいものをだしてくれましたよ」

人別帳を見られれば、お静のもとにたどりつけるかもしれぬ。

「町名主の家を教えてくれ」

「あの、お侍、人別帳をお調べになりたいんですか」

「そうだ」

「どういう理由でですか。町名主はそうめったやたらに見せてはくれませんよ」

「お静の生んだ厚吉が、さる大名のご落胤かもしれんのだ」

「ええっ」

「まことですか」

「そういえば、お静さん、厚吉の父親が誰か、教えてくれなかった」

「でも、なにもご落胤であることを秘密にすることはなかったのに」

「ご落胤ってのは、命を狙われることがあるからね。なんといっても、お家騒動の種になっちまう」

「まさかお侍は、厚吉の命を縮めようなんて気はないでしょうね」

佐之助は苦笑するしかなかった。

「殺す気があるんだったら、厚吉がご落胤であることなど、口にせぬ」

「そりゃそうですね」

「じゃあ、もしや迎えに来たんじゃあ――」

「そういうことだ。今のお殿さまがちょっと具合が悪くてな、それでご落胤の居場所を捜しているんだ」

「ああ、そうでしたか」

三人は納得した顔つきだ。一人が立って町名主のもとに案内してくれた。町名主の家は、開運屋《かいうんや》という名の仏具屋だった。いかにもよさそうな鈴《りん》が並んでいるのが、佐之助の目にとまった。

奥に通された佐之助がご落胤のことを告げると、町名主は仰天した。

「厚吉がご落胤ですと」

ごくりと唾を飲んでから、たずねる。

「どこの御家中ですか」

「それはいえぬ」

「さようですか」

少し残念そうだったが、いかにも人がよく、町の者たちを大事にしていそうな町名主はすぐに人別帳を見せてくれた。

「人別送りはちゃんとしてありますよ。お静さんと厚吉の二人は、えーと、本郷ですね。本富士《もとふじ》町ですよ」

お静は一軒家を借りているようだ。ここでも小料理屋を営んでいるのかもしれない。

「どうもつてを頼って、本郷のほうに行ったようですね」

「助かった。恩に着る」

佐之助は町名主の家を飛びだした。

「厚吉ちゃんを必ずお父さまのところに連れていってくださいよ」

うしろから声が追ってきた。佐之助は右手をあげることで、それに応えた。

町名主の家に、入れちがうように一人の長身の男が入ってゆくのがわかったが、佐之助は気にしなかった。今は、二人の居場所が知れたという高揚感が体を突き動かしている。

お静と厚吉。考えていた以上にあっさりと居場所が割れた。

これなら、直之進よりも先に着けるのではないか。先んじられたと知ったら、直之進はどんな顔をするのだろう。

もっとも、火事絡みであることと二人の名がわかっていれば、もともとそんなに手間がかかることではなかったにちがいない。

本郷なら道はよく知っている。ここからなら、四半刻もかからずに着く。

佐之助は、二人の住みかに向けて軽やかに駆けた。

どのくらい走ったものか。あと五町ばかりで本郷本富士町に着くのではないかというとき、佐之助はむっと顔をしかめた。

一つの影がついてきていた。あの深編笠の男だろう。やくざ者を叩きのめしたとき、一度だけだが、姿を見た。

くっ、と佐之助は唇を噛んだ。

いつの間についていていたのか。

というより、ずっとくっついていたにちがいない。やはり、気配を消していただけのことなのだ。

半町ばかりうしろにいる男が、とんでもない遣い手であるのは、もはや疑いようがない。

なんとか振り切りたい。いや、振り切らねばならぬ。そうしなければ、お静と厚吉の命が危うい。

佐之助は足を速めた。道を行く町人たちが驚いて佐之助を見、あわててよける。佐之助は突っ走った。

だが、尾行者の足も速い。まったく振り切れない。楽々とついてくる感じだ。

足を必死に動かしつつ、佐之助はうしろを振り返ってみた。尾行者らしい影は見えない。いや、ちらりと深編笠が見えた。気配は濃厚になっている。もはや、まるで隠そうとしていない。

どうする。佐之助は自問した。このままではお静たちの家に男を連れてゆくことになる。

斬るしかあるまい。少なくとも傷を与え、動けなくする必要がある。

佐之助は決断した。

どこかにやつを引きこまなければならぬ。

どこがいいか。

走りながら、格好の場所がないか、探した。

佐之助の目は、そこそこの広さの境内を持つ神社を捉えた。

あそこでよい。人けもさしてない。あそこなら存分に戦えるのではないか。

佐之助は路地を右に折れ、神社を目指した。男はちゃんとついてきている。

いいぞ、そのまま来い。

佐之助は境内に駆けこんだ。本殿の横を抜け、神社を一気に横切ると見せかけて、手水舎《ちょうずや》の陰に身をひそめた。

すぐさま気配がついてきていないことに気づいた。

これはどういうことだ。まさかやつが俺を見失うわけがない。

佐之助は、小石川指ヶ谷町の町名主の家を出たとき、入れちがった男がいることを思いだした。

あれが、もしやうしろについていた男なのではないか。佐之助と同じ家中の者であることを告げれば、あの人のよさそうな町名主はあっさりと信じ、お静と厚吉の住みかのことをぺらぺらと話すのではないか。

やつは二人の居場所がどこか、もう知っているのではないか。

――くそっ、やられた。出し抜かれた。

背筋に冷たいものが走り抜けてゆく。

――いかん。

こうしてはいられなかった。佐之助は手水舎の陰を飛びだした。境内を裏手に向けて突っ切る。お静と厚吉の家を目指して、必死に駆けた。

やつに追いつけるか。

いや、追いつかなければならぬ。

そうしなければ、厚吉の命が危ない。

六

足をとめ、見渡した。

——この町か。

お静と厚吉はこの町にいるのか。

直之進が立っているのは、小石川指ヶ谷町である。こぢんまりとした町だ。

もっとも、江戸の町地はどこも似たようなもので、家が立てこみ、人々は肩を寄せ合うように暮らしている。それが江戸の醍醐味でもあろう。

自分のことは筒抜けで、すべてさらけだしているようなものだ。秘密などほとんど持ちようがない。秘密にできるのは、心にしまい置けるものだけだろう。

その分、人情に厚く、暮らしやすい。町内の子供など、全員で面倒を見ているようなものだ。広い江戸で迷い、帰る家がわからなくなってしまった子でも、その町の責任できっちりと育てあげる。子供は宝物であるのを、すべての大人が知っているのだ。そして、そのことは確実に伝えられてゆくから、伝統が失われることはない。

江戸はあまりに大きすぎて、住みはじめた当初は圧倒されるものを覚えたが、今はすっかり気に入って、離れがたいものを感じている。故郷の沼里もよい。いつかは帰るのだろう。だが、今はこの江戸での暮らしを存分に楽しみたい。

直之進は教えられた通りの道を進んだ。

期待を持って、直之進は静佳のある場所を訪れた。だが、そこに小料理屋はなかった。ずいぶんと新しい家が建っている。

商売をするような家ではなく、民家といってよい。教えられた場所がここでまちがいないことを、直之進は道を行きつ戻りつして、何度も確かめた。

再度、その家の前に戻ったとき、女房らしい眉を剃《そ》った女が洗濯物を干しているのを見た。着ているものも、干しているものも上質である。かなり裕福そうな家だ。

直之進は垣根越しに、静佳という小料理屋についてたずねた。女房はしっかりとうなずき、確かこの家の前がそういう店だったときいています、と答えた。

「でも、火事で焼けてしまって引っ越したそうですよ」

「どこへ越したか、存じているか」

「いえ、存じません。すみません。

「いや、謝る必要などない。手間をかけて済まなかった」

もし静佳が同じ町内や隣町に引っ越したのであれば、今の女房も知っているのではあるまいか。知らないということは、そこそこ遠いところに住みかを移したということにならないか。

人別送りがしっかりと行われているのならば、町名主のもとに行き、人別帳を見せてもらえばよい。

直之進は行き合った町人に、町名主の家がどこかきいた。町人は親切に教えてくれた。

直之進は、それからほんの一町ほど進んで足をとめた。

「ここだな」

開運屋という看板が出ている。仏具がところ狭しと並べられているのが、外からはっきりと見えた。

「ごめん」

直之進は暖簾を払った。いらっしゃいませ、と若い奉公人が寄ってきた。

「すまぬ。仏具を求めに来たわけではないのだ。この家の主人が町名主をつとめているときいたのでな、人別帳を見せてもらいたいと思い、足を運んだのだ」

「ええっ」

奉公人が啞然とする。

「人別帳を見せてもらいに来ることが、そんなに珍しいか」

「ああ、はい。いえ、珍しいというのは別のことでございます」

奉公人が喉仏を上下させる。

「実は今日、すでに同じご用件で、二人のお侍が見えているのでございます」

「俺が三人目ということか」

「はい、さようで」

これはどういうことだ。一人は佐之助ではないか。もう一人は誰なのか。もしや佐之助についたと思える手練か。

だとしたら、これは容易ならない。

「二人の侍は、お静という女が今どこにいるか、調べていったのだな」

「すみません、手前にはわかりかねます」

「町名主に会わせてくれ」

「はい、ただいま」

奉公人の案内で町名主に会うことはできた。だが、人別帳は見せられないと町名主は突っぱねた。

「なぜだ」

「湯瀬さまとおっしゃいましたか、お静さんの子である厚吉が何者か、むろん存じていらっしゃいますね」

「ああ、さる大名のご落胤ではないかと思っている」

「こう申しあげてはなんですが、湯瀬さまはもしや厚吉の命を縮めようとなさっているのではありませぬか」

見かけは人がよさそうだが、町名主をつとめているだけのことはあって、肝っ玉が据わっているようだ。でなければ、侍相手にこんな言葉は吐けない。

だが、今は町名主に敬意を表している場合ではなかった。

「馬鹿をいうな」

直之進は怒鳴りつけた。町名主が、ひゃあ、と声をあげ、腰を浮かせた。

「厚吉という子は、俺の最も敬愛する主君のお子であるかもしれんのだ。その大事なお子の命を、なぜ俺が縮めなければならぬ」

「相済みません」

「謝らずともよいから、早くお静の住みかを教えるんだ。おぬしはすでに二人の侍に住みかを教えたようだが、どちらかの一人が厚吉の命を狙っている者だぞ」

「な、なんですって」

「早く教えろ」

「は、はい、ただいま」

直之進は、町名主の告げた町の名を頭に叩きこんだが、念のため、すぐに矢立を取りだし、紙に書き留めた。

「ここからだと、その本郷本富士町までどのくらいかかる」

矢立を腰にぶら下げて直之進はきいた。町名主が軽く首をひねる。

「走っても四半刻はかかるのではないかと」

かなりある。だが、行くしかない。直之進は開運屋を飛びだした。

そうだ、とすぐさま気づいた。安芝菱五郎に使いを送らなければならない。家中の士を出してもらい、厚吉を保護してもらわなければならないのだ。

きびすを返して、直之進は開運屋に再び駆けこんだ。さっきの奉公人をつかまえる。

「おぬし、神田小川町を知っているか」

「は、はい、何度か品物を納めにまいっております」

奉公人は面食らいながらも答えた。

「ならば、沼里の上屋敷を知っているな」

「はい、そちらにも品物を納めさせていただきましたので」

「そこへ使いに行ってくれ」

「えっ、手前がですか」

「ほかに頼める者がおらぬ」

「で、でも」

「主人には俺が了解を取っておく」

「いえ、そのようなことをする必要はございません」

凛とした声に目を向けると、町名主が一段あがったところに立っていた。

「吉太郎《よしたろう》、そちらのお侍のおっしゃる通りになさい」

「えっ、よろしいのでございますか」

「うん、かまわない。使いに出ておいで」

「はい、承知いたしました」

直之進は小さく息をついた。

「助かる。沼里家の上屋敷に安芝菱五郎どのという侍がいる。その侍にこれを渡してくれぬか」

直之進は、先ほどお静の住みかを書き留めたばかりの紙を吉太郎という奉公人に手渡した。

「吉太郎、なくさないようにな」

主人がいいきかせる。

「はい、わかっております」

「では、頼む」

一礼して、吉太郎が店を出ていった。足はかなり速い。直之進は暖簾を払って見送ったが、あっという間に雑踏の向こうに消えていた。

「あるじ、かたじけない。助かった」

「いえ、こちらこそご無礼を申しあげ、失礼いたしました」

「では、これでな」

「はい、お気をつけて」

直之進は頭を下げて開運屋を出た。吉太郎と逆の方向に走りだす。急がねばならない。一刻の猶予もない。

だが、ほんの二町も走らないうちに、いつしかうしろについている影がいることに気づいた。舌打ちしたい気分だ。うしろの者たちを、お静のもとに連れてゆくわけにはいかない。

――ここは打ち倒すしかあるまい。直之進は決意した。

どこかよい場所があるか。

探していると、ほどよい広さがある神社が目に入った。あそこなら待ち伏せるのに格好ではないか。

そう判断して、直之進は路地を右に曲がった。うしろの者たちはついてきている。

直之進は神社の境内に駆けこんだ。本殿の裏に身をひそめる。

男たちが鳥居をくぐり、走ってくる。三人いる。いずれも若く、やはりたいした腕の男はいない。一人だけ、まあまあの腕を持つ者がいるが、直之進の敵ではない。

こうして自由に動きまわれるということは、やつらはきっと部屋住なのだろう。房興のために動いているのだ。

房興が沼里の家督の座につけば、こたびのことで褒美がもらえる。一家を立てることも許されるかもしれない。そういうことを夢見て、必死に働いているのであろう。

　直之進は、三人の若者に憐れみを覚えた。同じ家中の者だけに、いくら厚吉を殺《あや》めるつもりでいるといっても、斬る気はない。少しのあいだ動けなくすれば十分である。

　三人は、本殿の陰に身をひそめる直之進に気づかず向かってくる。先頭の侍がそばを行きすぎようとしたとき、直之進は足をひょいと出した。侍がもんどり打って倒れた。

　直之進はその侍には目もくれず、後続の二人と相対した。驚いて立ちどまろうとした一人の顎に、拳を見舞った。がつ、と音がし、侍があっけなく地面に崩れ落ちた。白目をむいて気絶している。

　もう一人が抜刀し、正眼に構えた。腰の落ちたよい構えで、どっしりとしている。刀尖《とうせん》がわずかに揺れている。これはわざと揺らしているのだ。斬りつけようとするとき必ず刀尖は動く。その動きを見破られないようにするために、常に動かしておくのである。

　百舌《もず》のような甲高い声を発して、侍が斬りこんできた。直之進はその場に立ったまま、斬撃をぎりぎりまで見ていた。

目の前の若い侍がこれまで人を斬った経験があるはずもなかった。案の定、ためらいの色が瞳に生まれた。斬撃から鋭さがわずかに失われた。

それを見逃さず、直之進はすっと横に動いた。若侍はそれだけで直之進を見失った。はっとして、姿を捜そうとする。

だが、そのときには直之進は、かたく握り締めた拳を若侍の顔にぶつけていた。

鈍い音が立ち、若侍が顔を揺らせた。膝がこんにゃくと化したようにくにゃっと折れ、勢いよく前のめりに倒れてゆく。

額が石にぶつかりそうだったので、素早くかがみこんだ直之進は、侍の顔を支えてやった。見ると、口を呆《ほう》けたようにあけて気を失っている。泡を吹いていた。窒息しないように顔を横向きにして、土の上にそっと置いた。

これで終わったわけではない。もう一人残っている。最初に足を引っかけた侍である。

すでに立ちあがって、刀を抜いていた。直之進は静かに向き直り、侍を厳しいまなこで見据えた。

「やる気か」

「あ、当たり前だ」

「無駄だぞ。おぬしに俺は倒せぬ」

「やってみなければわからぬ」

「わかるさ。おぬしも、俺の名はきいているだろう。これでも、沼里家中で五指に数えられた腕だ」

直之進は真剣な口調で続けた。

「それに、もうおぬしの仲間が今頃、厚吉さまのところにたどりついているかもしれぬ。ここで俺を斬ったところで意味はない」

「我々の仲間だと」

眉をひそめて、意外そうにいう。

ちがうのか、と直之進は思った。佐之助についている手練は、この者たちの仲間ではないのか。となると、いったい何者なのか。とにかく急がなければならないのは、明白だった。

「俺は行くぞ。俺を斬りたいのなら、それでもよい。存分にかかってまいれ」

直之進は侍から離れ、背中を見せてすたすたと歩きだした。境内を横切る。侍は斬りかかってこなかった。振り返って見ると、地面に倒れた二人の介抱をはじめていた。

神社の外に出ると、本郷本富士町に向かって直之進は走りだした。

七

土煙をあげて、立ちどまった。

ここのはずだ。

佐之助は目の前の家をにらみつけた。道は合っている。ここがお静と厚吉の家である。

家の横に、小さな看板が張りだしていた。『静佳』と墨で記されている。

外から嗅いでみたが、人の気配は感じられない。

もしやさらわれてしまったか。

枝折戸《しおりど》を入ろうとして、道をこちらに歩いてきた女がいることに気づき、佐之助は立ちどまった。

眉は剃っていない。だからといって人妻でないというわけではない。最近は眉を剃らず、お歯黒《はぐろ》もしない人妻が増えている。

女は、大根とねぎを抱えている。買物の帰りだろう。

歩きつつ、女が不思議そうに佐之助を見ている。近づいてきて、ていねいに会釈した。美しい顔立ちをしているが、どこか暮らしに疲れたような色が見える。

それが陰となっており、惹かれる男も少なくないだろうという気がした。

この女がお静だろう、と佐之助は確信を抱いた。

「あの、うちになにかご用ですか」

透き通るような声でたずねる。

「おぬし、お静か」

「は、はい、さようにございますが」

戸惑ったように答える。

「あの、お侍はどうして私の名をご存じなのでございますか」

「子は厚吉だな」

「はい、さようにございます」

「厚吉はどうしている」

お静の目が家に向く。

「なかで寝ていると思いますが」

「確かめてくれ」

「えっ、どういうことでございますか」

「厚吉が寝ているかどうか、確かめてほしいんだ」

「は、はい、わかりました」

なにか異変が起きつつあるのを感じてか、お静が素早く枝折戸を入り、庭のほうにまわった。佐之助もかまわずついていった。

日当たりのよい濡縁《ぬれえん》にそって廊下があり、その先は腰高障子になっている。

「あっ、あいている」

寒いから腰高障子は閉めていったのだろう。だが、今は一枚があいている。

そこから、明るい日が座敷に射しこんでいた。小さな布団が敷いてあるのが、佐之助の目に映りこむ。

お静が沓脱ぎで草履を脱ぐのももどかしげに濡縁にあがり、座敷に入りこんだ。

「い、いません」

悲痛な声をあげた。

「厚吉っ、厚吉っ」

くそうっ、やはりさらわれた。ようやく捜し当てたというのに、先を越されるとは、いったいなにをしているのか。おのれに腹が立ってならない。

厚吉をさらって、男はどこに行ったのか。

とにかくここにいても仕方ない。この俺を出し抜いた男を捜すしかないのだ。

「ここで待っておれ」

佐之助はお静に告げた。

「でも」

「必ず厚吉を捜しだして戻してやる」

お静は、いったいなにがどうしてこうなったのか、さっぱりわからない表情だ。

「おぬし、沼里の殿さまを存じているか」

「は、はい。又太郎さまにございます。あのお方が厚吉がいなくなったことに関係しているのでございますか」

ちがうのか、と佐之助は思った。厚吉はご落胤ではないのか。もっと詳しくたずねたい気持ちを抑え、佐之助は家の外に出た。

左右を見渡す。厚吉を連れて男はどこに向かったのか。

房興のいる伊豆か。

男が何者か知らないが、厚吉を連れて房興のもとに帰るとは考えにくい。厚吉は邪魔者として始末するのではないか。

とにかく伊豆の房興のもとに向かうのは、まちがいなかろう。復命しなければならないからだ。

伊豆まで陸路を取るのか。ちがうのではないか。伊豆方面に向かう船が江戸から出ている。それに乗るのではないか。そのほうが歩くよりずっと早い。伊豆は陸路で行くのはなにしろ不便なのだ。

湊に行かねばならない。江戸で湊といえば、日本橋のほうだ。日本橋近くの霊《れい》岸島《がんじま》には、上方からやってくるくだり酒のほとんどが集まるくらいである。

佐之助は地面を蹴って駆けだした。いきなり立ちどまった。向こうから直之進が走ってくるのが見えたからだ。背後に気配を感じ、目をやるとお静が立ってこちらを見つめていた。佐之助は直之進が近づいてくるのを待った。

「倉田、どうだ、二人は見つかったか」

「お静は見つけた。厚吉はさらわれた」

「なんだと」

直之進が眉をひそめた。

「おぬし、どこへ行こうとしている」

「湊だ」

直之進が少し考える。

「船で、伊豆に行こうとしているとにらんだのか」

「そうだ。今のところ、それくらいしか思い浮かばぬ。湯瀬、俺は行くぞ」

佐之助は走りはじめた。

「俺も行こう」

直之進がぴたりとうしろについた。

「俺は見当ちがいの方角に向かっているのかもしれんぞ。湯瀬、かまわぬのか」

「考えたところで、厚吉をさらった男がどこへ行くのかなど、どうせ俺にはわからぬ。それなら、おぬしの勘に乗るべきだ」

佐之助と直之進は走り続けた。

なかなか三歳の子を連れた侍は見つからない。

やはり逆の方向に走っているのではないか。引き返したくなる衝動と佐之助は戦った。直之進もおそらく迷ってはいるが、今は前に進むしかないと心に決めているのだろう。

湯瀬が信じているのなら、俺も信じよう、と佐之助は思った。

「あの侍はちがうのか」

路地を通じて、左側に見えている大道を直之進が指さした。

佐之助はそちらを見た。一瞬だが、男の子を右手で抱いた侍の姿が見えた。急ぐでもなく、やせた両肩が悠々と動いていた。

「あれだ。まちがいない」

白昼、男の子を抱いているということは、まだ殺していないということだ。さすがに安堵に胸をなでおろす。

佐之助と直之進は左側に見えている大道を目指し、路地を走った。距離は十間もない。すぐに大道に出た。

だが、侍の姿が見えない。

「あそこだ」

またもや湯瀬が指をさす。侍は、小さな寺の山門の向こうに見えている角を曲がっていくところだった。

佐之助と直之進は再び走りだした。

角を折れると、ようやく侍の姿が眼前に迫ってきた。

「待てっ」

佐之助は声をかけた。だが、侍はきこえないかのように足をとめない。

佐之助は侍の前にまわりこんだ。両手を大きく広げて立ちふさがった。

「待て」

侍が立ちどまった。

「なに用かな」

「厚吉を返してもらう」

「この子のことか」

「そうだ」

「これはわしの子だが」

「嘘をつくな」

「おぬし、わしの子でないと明かすことができるのか」

「それは厚吉だ」

「おぬし、その厚吉という子の顔を知っているのかな」

うっ、と佐之助は詰まった。直之進も眉根を寄せているだけで、言葉を失っている。

「ふむ、二人とも知らぬようだ。では、これで失礼する」

侍が佐之助の横を通り抜けようとする。佐之助は侍の腕をつかんだ。

「なにをする」

「その子を返してもらう」

佐之助はにらみつけた。厚吉の顔が視野に入った。気持ちよさそうに眠っている。

「この子はわしの子だと申すのに」

「ならば、おぬしの子であると明かしてもらう。それができねば、これ以上は行かせぬ」

「腕ずくでもということかな」

「いうまでもない」

それをきいて、侍が微笑する。ふむ、といった。

「さすがにこれ以上は突っぱねられぬか。腕ずくというのなら、どこかでやり合うか」

「きさま、厚吉をどうするつもりだ」

「どうもせぬ。房興さまのところに連れてゆくだけだ」

「そこで殺すのか」

「どうしてこの子を殺さねばならぬ」

侍が目をわずかに怒らせた。

「房興さまがそんな無慈悲な真似をするか。房興さまのところこそが最も安全な場所ゆえ、連れてゆくだけだ」

「その必要はない。俺たちに渡せばよい。又太郎さまのそばに連れてゆくゆえ」

「信用できぬ」

「まさか俺たちが厚吉を殺すとでも思っているのか」

「そうは思わぬ。信用がないというのは、他の者に奪われてしまうのではないかということだ。おぬし、わしにあっさりと出し抜かれたくせに、大丈夫などといえるのか」

佐之助はいい返した。

「房興どのこそ、どうなんだ。本当は殺すつもりでいるのではないか。ここで落としだねに出てこられたら、自分の目がまったくなくなるからな」

「房興さまにそんな野心はない。確かに、房興さまを擁立しようとしている者たちは少なくないようだ。そのなかでもこの子の始末を考えている者もいるのは紛れもない。その者たちの暴走をとめるように、房興さまはこのわしに依頼されたのだ。わしはその信頼に応えねばならぬ。ゆえに、おぬしらにこの子は渡せぬ」

「おぬしが房興どのの信頼に応えようとするのと同様、俺もこの湯瀬の信頼に応えなければならぬ。湯瀬は俺に、その子を取り戻す手伝いをしてほしいと依頼してきた。湯瀬、おぬしもこの男に厚吉を渡すつもりはないのであろう」

「むろん」

湯瀬が間髪いれず返す。

「ならば、やり合うしか手はないようだな」

侍がいって、あたりを見まわす。

「そこの角に寺があったな。そこでどうだ。決着をつけよう」

「俺たちは二人だ。きさま、それでもかまわぬのか」

「ああ、よい」

厚吉を右手で抱いたまま、侍がきびすを返す。

倉田佐之助と湯瀬直之進。この二人が組めば、まず無敵だろう。二人の腕のすごさは背中を見せている侍にもわかっているはずなのに、この余裕はなんなのか。

侍がとんでもない手練であるのは、佐之助も承知している。

だが、俺たち二人を相手にして、勝てるというのか。

山門はあいていた。階段はない。侍が悠然とした態度で入ってゆく。佐之助と直之進は侍に続いた。

侍がちっぽけな鐘楼の脇に、厚吉を置いた。厚吉はぐっすりと眠ったまま、目を覚まさない。厚手の布にすっぽりとくるまれている。少々の風が吹いたくらいでは、寒くないだろう。

境内に人の気配はない。うら寂しげな本堂が正面に建ち、鐘楼があるのは左側の塀際である。建物はそれだけで、庫裏らしいものは見当たらない。無住《むじゅう》の寺のようだ。

侍が右手だけで器用に鉢巻《はちまき》をした。ずいと出てきて佐之助を見やる。

「おぬしは一度、わしに太刀筋を見られているぞ。それでもやるのか」

どこで見た、とは佐之助は問い返さなかった。仕返しに来たやくざ者とともに、ここよりもずっと小さな寺に行ったときだろう。あの寺で、佐之助は用心棒とやり合った。ぐるりをめぐる塀が恐ろしく低く、この長身の侍なら、背伸びをすることなく、佐之助の戦いぶりを眺められたにちがいない。

「きさま、名は」

「人に名をきくときは、自分が名乗ってから、と教わらなかったか。まあ、よい。わしは川藤仁埜丞という」

佐之助には、その名にきき覚えがあった。どこで耳にしたのかはわからない。直之進も同様らしい。思いだそうとしているようだが、記憶の網にかからないようだ。

「おぬしらは」

佐之助と直之進は名乗った。

「ふむ、二人とも相当できるな。これは、しくじったかな」

だが、そんなことはまったく思っていない顔だ。

「思いだしたぞ」

直之進が小声で告げた。

「尾張徳川家だ。川藤仁埜丞といえば、尾張家一の遣い手といわれた男だ」

尾張徳川家といえば、柳生兵庫助《やぎゅうひょうごのすけ》からはじまる柳生新陰流《しんかげりゅう》の正統である。そこの随一といえば、柳生新陰流で最も強い男ということにならないか。

「そいつはすごいな」

佐之助は舌なめずりした。

「そんな男とやり合える日がくるとは、夢にも思わなんだ。湯瀬、しばらくのあいだ、黙って見ていてくれ」

「よいのか」

「ああ、柳生新陰流でいちばん強い男がどのくらいのものか、見てみたい」

だが、そんな男がどうしてこんなところにいるのか。そして、なぜ房興に肩入れしているのか、その理由がさっぱりわからない。

佐之助は仁埜丞と対峙した。風が巻いて、二人のあいだの土を払っていった。土煙は渦をつくって宙に消えてゆく。

「殺しはせぬ」

仁埜丞が穏やかな声で宣する。

「だが、真剣での勝負ゆえ、おぬしが不具になるかもしれぬ。そのときは容赦してもらいたい」

「俺はおぬしを殺してしまうかもしれぬ」

「勝負は時の運ゆえ、そういうこともあるかもしれぬ。そのときは、わしはおぬしをうらまぬ。存分にやればよい」

佐之助は刀を引き抜いた。

仁埜丞も音もなく抜刀した。右手一本で構える。左手はどうやら動かないようだ。脇差は腰に差しているが、あれは飾りということか。それとも脇差も右手で使うのか。

それにしても、右手だけしか使えないのに、柳生新陰流で最もすごい遣い手というのは、どうにも信じがたい。

仁埜丞との距離は三間ばかり。佐之助は軽やかに地を蹴り、一気に間合を詰めた。だが、いきなり刀尖が眼前にあらわれ、足をとめざるを得なかった。とめていなかったら、顔を串刺しにされていた。

なんだ、今のは。

佐之助は瞠目《どうもく》した。どこから刀があらわれたのか、まったくわからなかった。

佐之助は気を取り直して、仁埜丞の左にまわった。右手一本なら、こちら側には刀をまわしにくいはずだ。だが、またも刀尖が伸びてきて、今度は胸を突き刺されそうになった。

まるで刀を槍のように扱っている。右手一本だけだから、とにかく間合が長くなるのだ。

佐之助は、ここは動きまわるしかない、と決意した。間合がちがいすぎる以上、正面から行くよりも、いろいろな方向から突っこむほうが活路がひらけそうだ。

佐之助は仁埜丞の右にまわると見せかけて、反転した。左から間合に入ろうと試みる。だが、すぐさま刀尖がやってきた。それをかわし、佐之助は左側にさらにまわりこんだ。と思いきや、またも反転し、右側から突進した。また刀尖が眼前にあらわれたが、それはぎりぎりで避け、佐之助は自分の間合に飛びこむのに成功した。

刀を振るおうとしたが、いるはずのところに仁埜丞がいなかった。

見ると、すでにうしろに下がって、佐之助との距離を取っていた。これは仁埜丞の間合である。まずい、と思ったとき、間髪いれず刀尖が飛んできた。

いきなり視野が真っ黒なもので覆われ、佐之助はかろうじてよけたが、頭をかすめて刀身が通りすぎてゆく。ぞっとした。今のをまともに受けていたら、刀尖は額を突き破って、脳味噌に達していただろう。

佐之助はさっと跳びすさった。仁埜丞が追ってくる。間合は仁埜丞のままだ。またも刀尖がやってきた。佐之助は刀で弾きあげた。すぐに仁埜丞の刀が頭上に落ちてきた。刀をあげている暇はない。佐之助は横に跳んでかわすしかなかった。

なんとか立ちあがり、佐之助は刀を構えた。仁埜丞は足さばきもすごい。変幻自在といってよい。仁埜丞のまわりには結界ができている。これを破るのには、いったいどうすればいいのか。

直之進がはらはらした顔をしている。いつもは信頼に満ちた目で見ているというのに、やはり今の俺には余裕がないのだろう。

これが柳生随一の実力か。正直、歯が立たない。どうすることもできぬ。この差を埋めるのには、おそらくこれからの半生を懸けねばならないだろう。

だが、佐之助はどこか幸せも感じていた。生涯でこんなにすごい遣い手と相まみえることができるなど、誰もが得られる機会ではない。

佐之助は息をととのえた。もう一度、突っこむつもりだ。

結界を破り、あの足さばきを封じられれば、一矢《いっし》報いることができるかもしれない。だが、どうやってあの足さばきを抑えこむことができるのか。影さえ踏めないのだ。

やるしかない。行くぞっ。自らに気合をこめた。

佐之助は突進した。刀尖がまっすぐやってくる。それを刀で叩き落とした。仁埜丞がうしろに下がり、間合を保とうとする。そうはさせじと、佐之助はなおも突っこんだ。いきなり下から刀が振りあげられた。股の下から体を両断しようとしている。

佐之助は犬が小便するときのように右足をあげ、さらに体をひねった。右足に痛みが走る。膝の近くだ。やられたことを知った。足に力が入らず、佐之助は地面に倒れこんだ。無様《ぶざま》だ、と思った。殺す気になれば、佐之助の体を貫くのはたやすかっただろうが、仁埜丞はそれをしなかった。

「倉田、大丈夫か」

直之進の声がかかり、駆け寄ってくる。

「ああ、平気だ。だが、立ちあがれん」

「おぬし、やるのか」

仁埜丞が直之進にきく。佐之助のすぐそばに立つ直之進の目は怒りに燃えている。

「やるさ。友の仇を討たねばならぬ」

「友か。いい響きだ。だが残念ながら、おぬしにはわしは討てぬ。それはもうわかっているだろうが」

「それでもやる」

「そうか。ならば、相手になろう」

　仁埜丞が右肩に刀を置いた。直之進が厳しい視線を注いだままたずねる。

「おぬし、最初は俺をつけていたな。それがどうして急に倉田になった」

「それか。おぬしにあの若い三人がつくのがわかったのでな。あの者たちと一緒につけるのは、あまりに芸がない。それに、倉田どののほうがおぬしよりも探索の才に長《た》けているように思った。わしとしては、早く厚吉のところに行き着けるほうを選んだまでだ。気にするほどのことではない」

「そうか。実際に倉田のほうが早かったから、おぬしの選択は正しかったというわけだ」

「たまには当たることもある」

　直之進が腰をわずかに低くした。

「やるか。よし、おぬしにはわしの秘伝の剣をお見舞いしよう」

直之進がしゃがみこんだような低い姿勢で突っこむ。おっ、と仁埜丞がわずかに戸惑う。それでも、突きだされた刀が直之進に向かって一気に伸びてゆく。

左肩に突き刺さると思えたとき、直之進が一気に跳躍した。長身の仁埜丞の肩くらいまで跳びあがっている。仁埜丞の頭に刀を振りおろしていった。

仁埜丞がひょいと顔を動かし、直之進の斬撃をよけた。刀は空《くう》を切り、直之進は仁埜丞の背後に着地した。すぐに刀を横に払い、また突っこもうとする。

そこに刀を肩に置き直した仁埜丞が無造作に腕を動かした。目にもとまらぬ速さで、刀が振りおろされる。直之進は刀の峰で受けとめた。

直之進の体が一尺ほど縮んだ。端整な顔がゆがむ。瞬時、仁埜丞の腕が動いたように見えた。いつの間にか、仁埜丞の刀尖が、直之進の喉に据えられていた。

直之進はまったく動けずにいる。刀を構えることすらできない。

おそらく、と佐之助は思った。秘剣というのは思い切り落とすことで、体の力を奪い、動きをとめてしまうものであろう。

仁埜丞が本気なら、直之進もやられていた。

すごい。素直に敬服するしかない。

本物の剣士というのは、川藤仁埜丞のような者のことをいうのだ。

「おーい、直之進」

緊張の幕を裂くような声が響き、肥えた侍が顔を真っ赤にして、山門をくぐってきた。見覚えのない侍だ。どうやら沼里家中の者らしい。山門のところには、今の対決を見物していた野次馬が折り重なるように顔を並べている。

あの無様な姿を大勢の者に見られたのか、と思ったら、佐之助の気持ちは沈んだ。穴があったら入りたいというのは、こういう気分をいうのだろう。

「捜したぞ」

肥えた侍は荒い息を吐きつつ、よたよたと直之進に近づいてゆく。仁埜丞が直之進から刀尖をはずす。仁埜丞を凝視し、太い息をついた直之進が喉をなでる。仁埜丞が刀を鞘にしまったのを見届けて侍に近づいてゆく。わずかに顔色が青い。無理もあるまい、と佐之助は同情した。

「安芝どの、どうしてここがわかったのですか」

直之進の声は落ち着いており、震えは帯びていない。

「ああ、使いをもらってお静どのの家に行ったのだ。そちらの倉田どのが、伊豆がどうのこうのと直之進らしい侍に話していたというのでな、伊豆というのなら、湊を使うだろう、と思い、日本橋を目指してここまでやってきたら、大勢の野次馬がおるではないか。なんとなく気にかかって行きすぎることが出来なかった。それで境内をのぞいたら、おぬしがいたというわけだ」

菱五郎が大きく息をつく。満面の笑みになった。

「よい知らせがある」

もしや、と佐之助は耳を傾けた。

「又太郎さま、ご快癒《かいゆ》」

なんと、と佐之助は思った。

「まことですか」

直之進が驚きを隠さずに問う。

「嘘はいわぬ。先ほど、江戸屋敷に早馬が着いた」

直之進が立ち尽くし、無言で涙を流す。仁埜丞も、よかったという顔をしている。甲高い泣き声がいきなり響き渡り、あわてて厚吉のもとに駆けつけて抱きあげる。あの様子では殺さぬという言葉に、偽りはなかったということだろう。

とにかくひとまずは、と佐之助は思った。このご落胤騒ぎは、静まらざるを得ないということだ。

ほっとしたが、仁埜丞にやられた足の傷の痛みがひどくなっている。すぐに回復するだろうが、また無茶をしたのですね、ときっと千勢に叱られるにちがいなかった。

千勢とお咲希。一刻も早く二人の顔を見たかった。

八

またやってきた。

前回と同様、一人である。

ここ一月《ひとつき》のあいだに、三度目の沼里だ。

直之進はさっそく登城し、又太郎に会った。

「おう、直之進、よく来た」

まだ床の上に座しているが、声に張りがあり、顔色もよい。

「殿、お元気そうでなによりでございます」

「うむ、心配をかけた。だが、もう平気だ。御典医たちの必死の努力が実を結んだ。地獄の閻魔《えんま》も、余が来るのはまだ早いと思うてくれたようだ。すぐにまた野駆けに行ける体に戻ろう」

「野駆けはおやめください」

これは国家老の大橋民部がいった。

「うむ、しばらくはやめよう。だが、あのようなことは二度とあるまい。大丈夫よ」

「いえ、二度目三度目があるかもしれませぬ。是非おやめください」

「民部、その件はあとで話し合おう」

「はっ、承知いたしました」

「ところで殿、おききしたいことがあるのですが」

直之進はお静と厚吉のことをたずねた。

「まず結論からいうておく。厚吉は余の子ではない。お静の店は味がよいことでよく通っていたが、それだけだ」

「では、厚吉の父親は誰でございましょう」

「お静を火事から救ったあと、そのことはきいてみた。はっきりとは教えてくれなかったが、どうやらやくざ者らしいな。出入りで死んだのかもしれぬが、それ以上は余も知らぬ。どうして二人が夢に出てきたのか、それもわからぬ。厚吉のことが気になっていたのは確かだが」

又太郎がぽんと手のひらと拳を打ち合わせた。

「直之進、そなたに会わせたい者がいる。民部、呼んでくれ」

はっ、と大橋民部が部屋を出ていった。すぐに二人の男をともなって戻ってきた。直之進は目をみはった。一人はあの川藤仁埜丞である。もう一人の若者は、おそらく房興であろう。

「直之進、誰かわかった顔だな。そうよ、この男が我が弟よ」

直之進は平伏した。

「湯瀬、そんな堅苦しいことをする必要はない。話をきいたが、川藤をずいぶんと苦しめたようだな」

房興が明るい笑顔でいう。

「とんでもないことでございます。それがし、赤子のように軽くひねられました」

「川藤はすごいらしいの。あの倉田佐之助も手も足も出なかったときいたぞ」

又太郎がうれしそうにいう。

「誰からそれをおききになったのですか」

「これよ」

又太郎が懐から文を取りだした。

「倉田から文が届いた。正直に記してある」

「さようでしたか」

「うむ。直之進、余は房興の蟄居《ちっきょ》を解くつもりでおる」

「それはようございます」

万感の思いをこめて直之進はいった。

「直之進は賛成か」

「もちろんでございます。ご兄弟、力をそろえられてこそ、沼里の政《まつりごと》もうまくまわってゆくのではないか、とそれがし、以前より考えておりました」

「そうか。ただし、房興は江戸に出そうと思っている。見聞を広めるのに、江戸ほどの町はあるまい」

「それならば、それがし、房興さまにいつでもお会いできることになります。うれしいことでございます」

「房興は、江戸が楽しみでならぬらしい」

はい、と房興がうなずく。

「なにしろ江戸に出るのは初めてのことゆえ、胸が躍ってなりませぬ」

それをきいて、又太郎が笑顔を見せる。

「この川藤仁埜丞は、房興につけることにする。それから、こたびの一件で房興を擁立しようとして、いろいろと動いた者たちに対しても、仕置きはせぬ。すべて不問に付す。余は福辻峰乃介をはじめ、かの者たちに事情をきいたが、厚吉を殺すつもりはなかったとのことだ。ただ、しばらくのあいだ厚吉をどこかに隠しておけばそれでよかったといった。そうすれば、もし余が死んだとき、房興しか家督を継ぐ者がいなくなるゆえな」

又太郎は、房興と仁埜丞を下がらせた。二人は深々と頭を下げてから、又太郎の前を辞した。

「直之進、余は以前、おぬしにほうびをやるといった。覚えているか」

直之進は首肯した。

「忘れるはずがございませぬ」

「余はそなたを剣術指南役として、推挙しようと思っている」

「はっ。あの、殿、おききしてよろしいでしょうか。どこにでございましょう」

「まだ名は教えられぬが、さる譜代の大名家だ。我が家よりもずっと大きい家ぞ。楽しみにしておけ」

「はっ」

思いがけないことで、驚いたが、又太郎が口にだすくらいだから、ほとんど本決まりであろう。仁埜丞に歯が立たないのに、剣術指南役というのは面映《おもは》ゆいものがあった。だが、本当に受けてしまってよいものか。市井での自由な暮らしを失うことにならないか。

「ありがたき幸せ」

今は断ることなどできず、直之進は畳に両手をそろえ、こうべを垂れた。

「ああ、それからな。余は名乗りを変えるぞ。いつまでも又太郎ではいかぬ。新しい名乗りは、真興《さねおき》よ。どうだ、よい名と思わぬか」

「はっ。殿にふさわしいお名であると存じます」

「それからな、倉田にも将軍家直々になにか褒美があるはずだ。わしのもとに、知らせがきた」

佐之助への褒美というのは、なんだろう、と直之進は思った。将軍がくれるというのなら、さぞかしすばらしいものにちがいない。

控えの間に戻るや、房興は懐を探り、手紙をひらいた。

「殿、何度もご覧になっていますね」

仁埜丞がにこにこしていう。

「うむ。うれしい文というのは、何度読み返しても楽しいものだからな」

「好きなおなごからにござるか」

「そうだ。河津の旅籠の辰巳屋に泊まっていたおなごが、わしに置き手紙をしていった」

「ほう、さようにございましたか。それにはなんと」

「河津ではわしと会えて楽しかった。最後の日にお寺に行けずに相済みません。母が疲れたので今日はやめましょうといったので、一人ではさすがに行けなかった。母は嫁に行くことが決まったといったが、私は行くつもりはない。まあ、このようなことが達筆で記されている」

「そのおなご、殿に惚れておりますな」

「そうかな」

房興は顔を輝かせた。

「それはそうでございましょう」

「また会えるかな」

「江戸に出られてからの殿のお心がけ次第でしょうな。善行を積めば、きっと会えます」

房興は大きく顎を動かした。

「ならば、わしは善行を積むことにしよう」


城からの使者が帰り、玄関で見送った峰乃介は大きく息をついた。自室に戻り、妻を呼んだ。

すぐさま返事があり、史乃がやってきた。あけられた障子のあいだから入りこんだやわらかな陽射しが、正面にかしこまった史乃の膝近くに伸びている。

「よいお知らせでございますか」

先んじて史乃がきく。

「わかるか」

史乃がにっこりと笑う。

「はい、あなたさまのお顔がほころんでいらっしゃいます」

「そうか」

峰乃介は自らの頬に触れた。

「出仕が決まった。英麟館《えいりんかん》の教授方だ」

英麟館というのは、選ばれた沼里の家臣のみが集う学校である。もちろん教授陣も、選りすぐられている。

「それはよろしゅうございました」

「うむ、どうやら殿の一声で決まったらしい。これは、福辻家の家勢を昔に戻す第一歩となろう」

それをきいて史乃が威儀を正す。

「あなたさま、もうそういうことはお忘れください」

凛とした声で、思いきったようにいった。峰乃介は目を見ひらいた。

「今は、ようやくご快復された殿さまに心よりお仕えすることこそ、家臣としてあるべき姿であると存じます」

ふだんはおとなしく控えめな妻が、峰乃介にはっきりといいきった。史乃を見つめていた峰乃介は、これまでのおのれの行動を思い返すかのように瞑目した。そして、しっかりとうなずいてみせた。

「うむ、そなたのいう通りだな。わしはこれまで我が家《いえ》のことにこだわりすぎ、殿や主家のことを脇に押しやっていた。これからは心をあらため、誠心誠意、殿にお仕えすることにいたそう」

峰乃介の気持ちは、重しが取れたようにすっきりしたものになっている。史乃に穏やかな顔を向けた。

史乃がつつましい笑みを返す。

殿が生まれ変わられたように、わしもきっと生まれ変われるにちがいあるまい。

そんな思いが峰乃介の心に根を張っている。


音羽四丁目の甚右衛門店に、立派な駕籠がやってきた。

駕籠から出た使者は、千勢の長屋の腰高障子を叩いた。

将軍からの使者で、佐之助に用があった。将軍が佐之助を五百石で召し抱えるという知らせだった。それは目録として届けられた。

「まことにありがたいお話にござるが、それがし、お断りいたします」

佐之助は飄々とした口調でいった。使者が呆然とする。千勢も思いもかけない成りゆきにあっけに取られている。

「まことよろしいのか」

信じられないという顔で、使者が確かめた。

「けっこうにござる。せっかくの将軍家からのお誘いにござるが、それがし、お断りいたす」

まさかこんなことになるなどとは思っていなかったという顔で、何度も首を振って使者は帰っていった。

「よかったのですか」

千勢が穏やかさを宿した眼差しできく。

「いいさ」

佐之助はにこやかに笑った。

「今の自由さは、なにものにも代えがたい。武家の堅苦しさになど、今さら戻るつもりはない」

きっぱりと告げた。

「父上、うれしい」

お咲希が飛びついてきた。佐之助は抱きとめた。お咲希は日に日に大きくなってゆく。

俺はこの娘と毎日をすごすのだ。そして、日々の成長をこの目で確かめるのだ。千代田城に出仕するなど、ときの無駄でしかない。

そんな佐之助の心を知ってか知らずか、千勢は黙ってほほえんでいる。

この作品は双葉文庫のために書き下ろされました。